로크미디어가
유혹하는
재미있는 세상

ROK
MEDIA
로크미디어

바인더북

바인더북 25

2017년 1월 17일 초판 1쇄 인쇄
2017년 1월 20일 초판 1쇄 발행

지은이 산초
발행인 이종주

기획 팀 이기헌 송윤성 왕소현
책임 편집 이정규

발행처 (주)로크미디어
출판등록 2003년 3월 24일
주소 서울시 마포구 성암로 330 DMC첨단산업센터 3층 314호
Tel (02)3273-5135 **Fax** (02)3273-5134
홈페이지 rokmedia.com **E-mail** rokmedia@empas.com

값 8,000원

ISBN 979-11-6048-505-9 (25권)
ISBN 978-89-257-3232-9 04810 (세트)

BINDER BOOK

바인더북

25

| 산초 퓨전 장편소설 |

c o n t e n t s

BINDER
BOOK

선녀찬방

2000년 10월 9일.

오늘은 한글날이고, 지금은 오후 5시경이다.

공휴일이 아님에도 담용의 집 근처인 아만아파트 2차선 도로 건너편에는 그의 가족과 동네 주민들로 시끌시끌했다.

이를 바라보고 있는 담용의 입가에 미소가 그득 매달려 있었다.

'잘됐어.'

이제 고모 육선여에 대해서는 안심이 됐다.

이를 증명이라도 하듯 고운 빛깔의 한복에 위생모와 하얀 앞치마를 두르고 바쁘게 몸을 놀리는 육선여의 표정에 생기가 넘쳐흐르고 있었다.

아담한 5층 건물 양쪽으로 '축 개업'이라 적힌 두 개의 화환이 있고 그 가운데는 고사상이 놓여 있었다.

이유는 오늘이 바로 고모 육선여가 마침내 반찬가게를 오픈하는 날이어서다.

즉, 개업식인 것이다.

간판의 이름은 '선녀찬방'이었다.

그리 튀지 않은 소담한 간판과 40여 평의 다소 넓은 공간이었지만, 정갈함을 모토로 하는 반찬가게와 잘 어울렸다.

엘리베이터가 없는 지하 1층에 4층 건물.

1층 전체가 반찬가게인 셈이다.

지역은 일반 주거지역, 대지는 120평, 지하층을 뺀 연면적이 288평인 건물이다.

용도로 보면 1층은 근린생활시설이었고, 2, 3층은 업무 시설, 4층은 주택으로 살림집이다.

건물 주인은 당연히 육선여였지만 명도 과정에서 비우다 보니 전부 공실이 된 상태였다.

건물 매입에 관한 자금 출처는 사기를 당했던 천경자에게서 보상받은 돈이었고, 모자라는 돈은 담용이 보탰다.

어차피 자손이 없는 고모이다 보니 담용이 자금을 보탰다고 해서 권리를 주장하거나 할 일도 없어서 육선여 앞으로 명의를 한 것이다.

그리고 천경자는 현재 재판 중에 있었다.

죄목은 사기.

사기죄 형량은 10년 이하의 징역 또는 2천만 원 이하의 벌금이라 비교적 중형에 속했다.

특히 천경자는 사람을 기망해 재산상의 이익을 취득한 경우여서 항소를 한다고 해도 형량이 줄어들 것 같지 않아 중형이라고 할 수 있었다.

게다가 피해자가 육선여뿐이 아니었던 것이 형량을 키워 특정범죄가중처벌법까지 적용됐다.

이 모두 변호사에게서 들은 말이다.

선임 변호사는 담용이 코람테크로닉스와 포레이버 포털 사이트에 투자 자문을 의뢰한 바가 있었던 서초동 리엔씨 법무법인의 김기만이었다.

김기만은 담용의 투자금을 관리하는 애셋 매니지먼트이기도 했다.

그런 김기만 왈.

―재물의 교부나 재산 이익이라는 점도 그렇지만 사람을 기망한다는 것은 단순히 사람을 고의적으로 속이는 행위로만 해석할 수 없지요. 이는 상대방을 고의적으로 착각하게 만들거나 파탄된 행동을 유도함으로써 사람을 속이는 것으로 보는 거지요. 또 거짓말을 하는 것도 기망행위 요건에 포함되기 때문에 가중처벌의 요건이 됩니다. 그래서 판사가 최

하 5년 이상의 구형을 때릴 수 있다고 보면 됩니다.

게다가 담용이 괘씸죄를 물어 알게 모르게 재판을 주시하고 있는 상황이라 형량이 감해지기란 어려웠다.

사기당한 돈도 돈이었지만 천경자가 고모 육선여로 하여금 지난 8년여 동안 거의 비렁뱅이 생활을 하게 했다는 것이 담용을 더 화나게 했다.

형량을 다 받고 나오더라도 결코 용서하지 않을 것이라 다짐했지만, 이미 처벌을 받은 만큼 더는 무의미한 것 같아 포기했다.

화가 났던 건 법을 떠난 개인감정의 발로였지만, 천경자도 똑같이 고모 육선여처럼 비렁뱅이 생활을 하게 만들어야 속이 시원할 것 같아서였다.

당해 보지 않은 사람은 결코 알 수 없는 처참함이 내포되어 있는 것이었으니 말이다.

반찬가게 개업식답게 식탁에 오를 만한 갖가지 반찬들이 미리 준비되어 유리관 안에 질서 정연하게 놓여 있었다.

척 보기에도 정갈한 태가 났다.

아무래도 뜨내기가 아닌 동네 주민들을 상대로 하는 반찬가게이다 보니 위생적인 인테리어에 신경을 많이 쓴 느낌이 팍 왔다.

그뿐만 아니라 얼핏 봐도 '선녀찬방'의 특징이 고스란히 드러난다는 점이 장점이었다.

특징은 고객들이 훤히 볼 수 있는 위치에다 넓은 조리대를 갖췄다는 것과 대표 메뉴로 선정한 두 가지 종류의 반찬에 있었다.

하나는 발효 식품으로 된장, 간장 같은 장류와 김치 종류가 무려 스무 가지가 넘는다는 것.

이는 뒤뜰이 넓다는 점을 감안한 메뉴였다.

아이러니하게도 장류와 김치 종류 중 전통 김치는 장류의 명인이라 할 수 있는 정인의 모친인 전정희 여사의 작품이었다.

즉, 발효 식품이라는 것이 당장 상품화할 수 없는 것이기에 정인의 집인 합정동에서 공수해 올 수밖에 없었던 것이다.

그걸 뒤뜰에 파묻어 보관하기로 했다.

이 말은 곧 전정희 여사도 '선녀찬방'의 일원으로 참여했다는 뜻이다.

다른 하나는 '키즈반찬'이었다.

즉, 어린아이들이 선호할 만한 전문 반찬들이 부스 한쪽을 차지하고 있다는 것.

이를테면 이렇다.

꼬마돈가스강정, 불고기치즈그라탕, 폭찹스테이크, 고기버섯잡채, 떡갈비조림, 버터땅콩소스진미채, 치즈오븐스파

게티, 선녀반찬키즈, 소고기짜장덮밥소스, 소시지카레볶음 그리고 아이들이 좋아할 만한 각종 도시락 등등.

아울러 각 가정에 맞는 '주문반찬코너'까지 갖춰져 있었다.

넓은 공간의 조리대를 갖춘 것은 반찬을 직접 조리하는 모습을 보임으로써 고객들에게 믿음을 주기 위해서였다.

반찬의 원재료는 향후 복사골복지재단에 부식을 전담할 회사에다 맡긴 상태였다.

당연히 육선여 혼자 감당할 수 있는 일이 아니어서 두 명의 도우미 아주머니를 뒀다. .

거기에 방과 후의 혜인이 가세한 상태라 손이 모자라는 일은 없을 것 같았다.

키즈반찬 담당이 바로 혜인이었다.

그렇다고 염려가 안 되는 것은 아니었다.

'잘돼야 할 텐데…….'

월세 비용이 없다고는 하지만 재료값은 물론 적지 않은 인건비를 생각하면 여간 팔아서는 수익이 나지 않을 것 같았다.

'쩝, 혜인이 녀석이 큰소리를 펑펑 치긴 했는데…….'

어째 그 말을 그대로 믿기에는 혜인이가 신뢰가 안 가는 나이다 보니 우려가 가시질 않았다.

'말은 그럴듯하긴 한데…….'

사업 프로젝트를 들여다본 바가 없어 말로 들은 것이 전부였지만, 혜인이는 당찬 의욕에 차 있었다.

담용은 어제 있었던 대화를 떠올려 보았다.

"큰오빠, 너무 걱정하지 말아요. 인터넷에 올려 온라인 판매까지 겸한다면 절대 망할 일은 없다고요."

"인석아, 너무 큰소리치는 것 아니냐?"

"헹, 저도 괜히 자신하는 게 아니라고요."

"흠, 비전이 있단 소리냐?"

"그럼요. 아직은 아무도 어린이에 대한 반찬을 시도하지 않고 있다는 데 희망을 걸고 있거든요."

"선구자 역할이란 말이네."

"히히힛. 뭐, 그런 셈이죠. 그 대신 큰오빠가 지원은 좀 해 주셔야 해요."

"지원? 반찬에 대해 아무것도 모르는 내가 할 일이 뭐 있다고?"

"헤헷, 물주 역할이죠, 뭐."

"풋! 무일푼으로 먼저 들이대는 건 마음에 안 든다."

"고모가 있는데 무일푼은 아니죠. 큰오빠 유명 포털 사이트에 배너 광고 자금만 대 주면 돼요."

"배너 광고? 거…… 홈페이지 귀퉁이에 조그맣게 광고하는 것 말이냐?"

컴퓨터에 대해 잘은 모르지만 그 정도는 알고 있는 담용이다.

"히힛, 맞아요. 그거 경쟁이 심해서 자리 따기가 쉽지 않거든요."

"이 오빠더러 책임지고 그 배너 광고 자리를 만들어 달라는 거냐?"

"헤! 큰오빠가 그럴 능력이 있다면 엄청 좋죠."

"근데 광고만 한다고 해서 다 되는 게 아닌 것 같은데……?"

준비가 많이 필요할 것 같아 내뱉은 말이었지만 혜인이 곧바로 대답했다.

거기에 효과가 있을지도 미지수라 영 미덥지가 않다.

"헤헤헷, 포장 용기나 아이스 팩 같은 건 전부 주문해 놨죠. 상표등록도 벌써 해 놨구요. 포장 용기에 붙일 스티커까지도요."

'어이쿠, 거기까지.'

아직 어린 혜인이 거기까지 생각했다니 어째 장하다는 생각이 들었다.

야물딱지기도 했고.

"홈페이지는 어떡하고?"

"지금 준비하고 있어요. 친구 오빠가 그쪽 전문이라고 해서 부탁해 놨거든요."

"호오, 그래?"

여기까지만 들어도 괜히 발만 담가 보려는 마음은 아닌 것 같았다.

"에에헷, 공짜는 아니구요."

"얼마나 달래?"

"2백만 원요."

"헐, 그렇게 비싸?"

아는 놈이 더 무섭다는 생각이 퍼뜩 들었다. 아울러 홍수광의 정보팀이 떠올랐지만 금세 지워 버렸다.

하기야 키즈반찬 부분은 오롯이 혜인의 독자 사업이나 마찬가지라 적극적일 만도 했다.

거기에 사무실로 쓴다면서 2층 일부를 떼어 칸막이까지 해 놓은 혜린이다.

직원은 학교 친구를 고용하겠다나 어쩐다나?

"에이, 그것도 염가로 해 주는 거래요. 그러니 큰오빠는 자금만 지원해 주면 돼요."

"녀석아, 그냥 알로 먹겠다고 해라."

자본 한 푼 없이 사업을 하겠다는 소리에 담용은 어처구니가 없었다.

하기야 그런 열정을 가졌다는 것만 해도 어딘가?

열정은 돈으로 살 수 없는 것이니 말이다.

"택배는?"

"멀리 갈 것 없이 건물 뒤편에 있는 H택배하고 계약했어요."

그야말로 '헐'이다.

담용 자신이 바깥으로 나도는 동안 많이도 준비한 혜인이 기특했다.

"에헷. 키즈반찬이 잘되면 고모와 연계해서 판매할 수 있을 거예요."

시너지 효과까지 노리고 있었다.

"가능성을 1년 정도 잡고 있어요. 그때 가서 이 길로 나가도 될 것 같다 싶으면 승부를 보려구요."

당차게 마음을 먹었는지 눈빛까지 번들거리는 혜인이다.

"혼자서는 어려울 테고 직원은 몇 명 둘 것이냐?"

"우선은 두 명요. 저까지 셋. 헤헤헷."

"알았다. 포털 사이트는 오빠가 알아보마."

"에? 진짜?"

"그래."

믿는 곳이야 있다. 바로 자신이 49퍼센트의 지분을 보유하고 있는 포레이버 포털 사이트다.

김주형 사장과 그 직원들이 합해서 51퍼센트 지분이다.

200억 원을 투자할 당시 담용이 양보한 결과였다.

원래 조만생이란 투자자가 있었지만 당시에 담용이 투자한 돈으로 정리를 했었다.

아직은 투자만 한 상태라 수익이라곤 없는 상황.

더구나 감사 한번 한 적도 없다.

그래도 상관없었다. 이 역시 길게 보고 투자한 승부니까.

투자의 끝이 장밋빛이라는 걸 이미 알고 있지 않은가?

"큰오빠, 와후나 라이코스같이 유명한 사이트라야 돼요."

'인석아, 와후코리아는 도태되어 철수한다.'

하지만 아직은 1세대 웹서비스로서 순항 중이긴 하다.

라이코스도 도태되긴 마찬가지인 것은 모두가 지금 용틀임하고 있는 우글이라는 강적 때문이다.

당연히 후발 주자인 토종, 포레이버와 넥스트가 치고 올라오는 탓도 무시하지 못한다.

'아직 2년 남았나?'

담용의 기억으로는 2002년 말에 야후코리아가 서비스를 종료하는 것으로 되어 있었다.

"어떤 웹사이트든 네가 알아서 판단하면 되지."

"히힛, 알았어요."

혜인이 헤죽거리며 말끝에 토를 달았다.

"포레이버만 돼도 환상적이죠, 헤헤헷."

그 말에 조금은 안심이 되는 담용이다. 절반의 주인인 셈이니 그쯤이야 어렵지 않을 것 같았다.

"그나저나 학교 수업 들으랴 사업하랴 바쁘지 않겠냐?"

"앞으로 한 달 반만 견디면 돼요. 이제는 실습 위주라 제가 설립한 회사에서 실습한다고 하면 출석에는 문제가 없어요."

한 달 반은 준비 기간이란 뜻이고, 본격적인 사업은 방학 때부터라는 얘기.

씨익.

혜인과 대화를 상기해 본 담용의 입가에 미소가 그려졌다.

'녀석이 블루오션blue ocean을 노린단 말이지.'

아직은 블루오션이니 레드오션이니 하는 용어가 등장하지 않은 때였지만 현재 존재하지 않거나 알려져 있지 않아 경쟁자가 없는 유망한 시장에 도전한다는 자체가 기꺼운 담용이다.

끊임없이 거듭해 온 경쟁 원리에서 벗어나 고객에게 차별화된 매력 있는 상품과 서비스를 제공하여 누구와도 경쟁하지 않는 자신만의 독특한 시장을 만드는 것이 블루오션이다.

반면 반대로 이미 잘 알려져 있어 경쟁이 매우 치열한 시장은 레드오션red ocean이라고 하는데, 아직은 몇 년 더 지나야 통용되는 용어였다.

'진로를 바꾼다는 건 쉽지 않은데……'

지금 와서 새삼 돌이켜 보니 일이 엄청 커진 것 같은 기분이 들었다.

미래의 온라인 사업이 그리 만만한 것이 아님을 아는 까닭이다.

'헐, 저 녀석은 뭐가 그렇게 좋아서 헤벌레 하고 있는 거야?'

담용의 눈에 싱글벙글한 웃음을 매단 김도원이 혜린이 하는 행동을 연신 좇고 있는 모습이 들어왔다.

그렇게나 좋을까?

담용도 정인의 모습을 좇아 보지만 이내 너무 바쁜 것 같아 눈길을 돌렸다.

성큼 다가간 담용이 얼빠진 표정을 하고 있는 도원을 툭 쳤다.

"인마, 입 좀 다물어라. 꼭 바보 같다."

깜짝.

"아쒸, 놀래라."

"뭘 그리 넋 놓고 있어?"

"히히힛, 봐라. 혜린 씨가 무지 예쁘지 않냐?"

"뭐래?"

"내가 봐도 며칠 전보다 엄청 예뻐진 것 같아서 하는 말이다. 너야 매일 보니 아무렇지도 않겠지만 확실히 예뻐졌어. 저것 봐라, 피부에 광채가 나는 것 같지 않냐? 사람들 눈초리가 어디로 가 있는지 보면 알잖아?"

"……?"

그러고 보니 도원의 말처럼 혜린이 확실히 예뻐진 것 같긴 했다.

'거참, 별로 봤더니…….'

매일처럼 대하다 보니 그러려니 했지만 정인과 쌍두마차처럼 군계이학이다.

그래서인지 남자고 여자고 죄다 시선이 정인과 혜린에게서 떨어질 줄을 몰랐다.

마치 활짝 만개한 두 송이 붉은 장미 같다.

담용은 그 원인이 어디서 연유됐는지 잘 알고 있었다.

모두 담용이 그녀들의 화장품에 차크라의 기운을 주입했기 때문이었다.

원래 혜인이의 화장품에 먼저 기운을 주입했는데, 혜인이는 다른 제품을 쓰는지 효과가 보이지 않았고 혜린이만 좋아지고 있었다.

차크라의 또 다른 효능이었다.

뭐, 정인이야 좀 다른 경우지만.

"흐흐흐흣."

급기야 음험한 웃음까지 짓던 도원이 그답지 않은 소리를 해 댔다.

"꽃은 울지만 소리가 없다더니, 소리 없이 웃어도 꽃이 빛나는 걸 알겠다, 이히히힛."

'하! 이 자식 좀 보게. 나 원, 시답지 않은 시구 나부랭이까지 읊조리다니.'

퍽!

"아쿠!"

"인마! 정신 차려!"

"아우, 그렇다고 그렇게 세게 때리냐?"

"짜샤, 외출 나간 정신이나 제자리에 갖다 놔. 눈꼴시어서 못 봐주겠으니까."

"으히히힛, 좋은 걸 어떡하라고!"

입이 아예 귀에 걸린다.

"썩을 놈. 그 바보 천치 같은 웃음 좀 짓지 마라."

"으흐훗, 내 맘이다, 왜?"

"근무하러 안 가?"

"신경 쓰지 마라. 이사장님이 허락하신 거니까."

이사장이면 곰방대 할아버지다.

"나보다 정인 씨가 더 바쁜 사람인데도 나와 있는걸."

하기야 정인이도 업무를 팽개치고 지금은 팥죽을 젓느라 땀이 송골송골할 정도로 부지런을 떨고 있는 중이었다.

군 복무 중인 담수와 등교한 혜인이와 담민이 빠진, 전 가족이 참석한 개업식 날이었다.

할머니께서도 윤상돈 내외와 열심인 건 매한가지였다.

고모 육선여를 미국에 있는 딸 대신으로 생각하는 점이 컸다. 아니, 아예 딸로 삼아 버린 두 분이었다.

뽀글뽀글.

가게 앞에 덧대 놓은 가마솥에 팥죽이 펄펄 끓고 있었다.

기실 고모 육선여의 특기라면 바로 죽이라 할 수 있어 빠질 수가 없는 메뉴다.

죽 자체만 봐도 메뉴가 매일 달랐다.

오늘은 팥죽, 내일은 녹두죽, 모레는 영양죽, 이런 식으로 영업 방침을 세워 놓은 상황이었다.

그것도 하루에 딱 1백 그릇으로 한정한 상품으로.

죽이 떨어지면 세상천지에 누가 오더라도 팔지 않는다는 것을 영업 전략으로 삼은 것이다.

뭐, 의도한 대로 잘될지는 미지수지만 말이다.

오늘 팥죽은 모두 공짜였고, 간단히 개업식을 끝내고 나면 곧바로 동네 주민들에게 나눠 줄 참이다.

그것도 오늘 개업식에 한해 인원 제한을 두지 않았다.

지금 뒤뜰에서 여분의 양을 준비하고 있는 중인 것도 그런 이유였다.

그런 내용을 담은 포스터가 이미 부착된 상태여서인지 김을 무럭무럭 피어올리고 있는 가마솥 앞에는 동네 주민들이 몰려와 줄을 길게 늘어뜨리고 있는 중이다.

IMF라는 험한 고개를 넘고 있는 어려운 시기라 더러는 한 끼 때우려는 의도도 있겠지만, 그조차도 좋은 시절이 오면 고객이라 소홀히 대할 수가 없다.

"시작할 때 안 됐냐?"

"어, 해야지."

"그럼 빨리해. 기다리는 주민들 생각도 해야지. 냄새를 너무 오래 풍기면 인상이 나빠질 수도 있다고."

약 올리는 것도 아니고.

"그, 그렇지. 알았어."

담용의 말에 서둘러 앞으로 나간 도원이 소리쳤다.

"자, 자. 지금부터 개업식을 시작하겠습니다. 이사장님과 고모님께서는 어서 오색 테이프를 잡으시기 바랍니다. 야, 담용아, 너도 빨리 잡아."

"뭐? 나도 하라고?"

"그래, 육씨 집안 대표인 너까지 세 사람이다."

고모가 육씨인데 육씨 집안 대표라는 말이 어째 영 이상하다 싶었지만, 곰방대 할아버지가 웃으며 손짓하는 통에 어쩔 수 없이 오색 테이프를 들고 섰다.

"여기 가위."

"어, 그, 그래."

얼떨결에 건네주는 가위를 들고 보니 고모가 가운데, 왼쪽이 집안 최고 어른 격인 곰방대 할아버지, 오른쪽이 담용, 이렇게 세 사람이었다.

세 사람의 앞에는 단출한 고사상이 놓여 있었다.

으레 당연하다는 듯 미소를 띤 돼지머리에다 팥시루떡 한 판, 명태 세 마리, 실타래, 소코뚜레, 정화수, 막걸리, 과일과 나물 세 가지씩이 놓인 상차림이었다.

때가 되었다고 여긴 도원이 오른손을 들더니 입을 뗐다.

"자, 준비하시고-!"

서두를 길게 뺀 도원이 재차 말을 이었다.

"자르십시오!"

서걱, 서걱.

세 사람에 의해 오색의 테이프가 잘렸다.

"와아-!"

짝짝짝짝.

이어서 차례로 절을 했다.

마침내 담용의 차례.

엉거주춤한 자세이나 담용이 진심으로 축원하며 고사상에 절을 하고 봉투를 돼지 입에다 꽂고 나니 곰방대 할아버지가 불렀다.

"담용아, 이리 와 보거라."

"예."

"담용이 너도 이제 나이가 있으니 알아 두거라."

"⋯⋯?"

"고사는 처음이더냐?"

"아뇨, 군대서도 가끔 하는걸요."

뭐, 부대 지휘관의 성향에 따라 아주 가끔이긴 하지만 두서너 번 경험한 적은 있었다.

부대 막사를 짓기 전과 위험을 동반하는 훈련을 나서기 전에 통과의례로 했었다.

꼭 믿는다기보다 그렇게라도 해서 사고가 나지 않았으면 하는 지휘관의 바람 때문이었다.

"도원이도 오거라."

"옛!"

"둘 다 고사에 대해 아는 것이 있더냐?"

"없어요."

"저도요."

대부분의 젊은이들이 다 그렇듯 이런 경우 그냥 절하고 돈을 꽂는 행위가 전부라 상차림 하나하나의 의미를 잘 알지 못했다.

세세하게 가르쳐 주는 사람도 드물었으니 담용과 도원도 예외는 아니었다.

"그려?"

젊은 것들이 뭘 알겠냐 하는 눈빛을 보인 곰방대 할아버지가 말을 이었다.

"그럼 이 기회에 좀 알아 두는 것도 좋겠지. 여기 팥떡은 왜 놓는 것이더냐?"

그 정도 상식쯤은 알고 있었던 담용이 말했다.

"잡귀를 내쫓는 것 아닙니까?"

"그렇지. 잡귀들이 붉은 것을 싫어해서 올려놓는 거지. 제

사상에 붉은색이 올라가지 않는 이치와 같다. 덩달아 액운이 근접하지 못하게 하는 의미도 있다. 하면 명태는 왜 올리는 것이더냐?"

곰방대 할아버지가 명태를 들어 보였다.

"글쎄요."

"모르겠는데요?"

"물고기는 항상 눈을 뜨고 있기에 올리는 것이다. 이유인 즉 잡귀와 액운이 들러붙는지 잘 감시하라는 뜻인 게지. 그래서 이처럼 눈이 부리부리하고 큰 놈이어야 좋은 것이고."

"아, 네."

"이사장님, 이건 뭡니까?"

도원이 동그랗게 말아 놓은 나무를 가리켰다.

"그건 소코뚜레다."

"소……코뚜레요?"

"그려. 지금은 드물지만 얼마 전에만 하더라도 소로 농사를 지었지. 그때 소를 조율하기 위해 코를 뚫어서 이걸로 꿰어서 부렸지."

"으아, 엄청 아프겠는데요?"

"암은, 아프기만 할까? 그러니 소가 말을 안 들을 수가 없지. 소고삐를 잡고 이리 가라고 하면 이리 가고 저리 가라고 하면 저리 가는 게 소코뚜레 때문인걸."

"아파서요?"

"그려. 이 역시 잡귀와 악귀를 복종시킨다는 의미가 있지."

"아, 아."

"할아버지, 여기 실은 뭔 의미죠?"

"그건 사업이 번창하면서 길게 이어지란 뜻이다. 아이가 돌 때 실을 잡는 이치와 같다고 보면 된다."

"아, 아이가 장수하란 뜻과 같이 사업도……."

"허허헛. 그려, 고사가 끝나면 실을 명태에다 감아서 가게 한 귀퉁이에다 걸어 놓는데, 그 이유는 잡귀와 악귀를 감시하면서 길게 번창하란 뜻이다. 고사상이야 지방마다 집안마다 또 어떤 고사냐에 따라 다르지만, 할애비가 이런 얘기를 해 주는 건 그 어떤 고사가 됐던 없어지지 않는 바에야 그냥 무의미하게 절만 하고 지나치기보다 그 의미를 알아 두란 뜻에서다."

"하핫. 예, 할아버지 덕분에 지금 와서 고사에 대해 알았네요."

"이사장님, 저도요. 감사합니다."

집안의 어른다운 가르침에 담용과 도원이 곰방대 할아버지에게 정중하게 예를 취했다.

"자, 자, 이제 고사도 끝났으니 팥죽이나 맛보도록 하자꾸나."

"예."

은근히 기대가 되는 맛에 담용이 걸음을 빨리할 때, 주머니에 든 휴대폰에서 진동이 느껴졌다.

　'쩝, 하필이면…….'

　슬쩍 걸음을 되돌려 뒤뜰로 향하는 담용에게 도원이 물었다.

　"야, 어디 가?"

　"아, 전화 좀 받고 갈게."

　"그래? 이따가 어디로 새지 말고 나랑 얘기 좀 하자. 괜찮지?"

　"어, 그래."

악연은 또 얽히고

도원에게 건성으로 대답해 주고는 뒤뜰로 향하면서 휴대폰을 확인하니 한정희 소령이다.

'아, 맞다.'

그러고 보니 오늘이 헬기 사고가 있는 한글날이다.

그런데 날씨가 너무 화창하다는 것이 마음에 걸렸다.

'여기만 화창한 건가?'

담용이 고개를 갸웃거렸다.

만약 헬기 사고가 났다면 예견된 지점에만 폭우가 내린 건가 싶어 얼른 입을 열었다.

"한 소령님, 육담용입니다."

─하하핫, 육담용 씨, 잠시 통화할 수 있습니까?

웃는 걸 보니 좋은 느낌이 밀려들었다.

"그럼요. 어떻게 됐습니까?"

용건이야 빤하니 그렇게 묻는 것이다.

-휘휴우-! 다행히 사고가 없었습니다.

그동안 간을 많이 졸였음을 단박에 느끼게 하는 한숨이 담용에게 왈칵 전해졌다.

'다행이네.'

"비행 계획은 있었고요?"

-예, 알아보니 육군항공대에서 500MD 헬기가 홍천군 남면 방향으로 비행할 계획이었더군요. 다행히 천신만고 끝에 지시를 내려 취소시켰습니다.

"그 말을 믿던가요?"

-하핫, 그럴 리가요?

'하긴……'

그 어느 부서보다도 폐쇄적인 군대이니만큼 그럴 가능성이 있다는 말에 일정을 쉽게 바꿀 리는 없을 것이다.

군사작전이든 뭐든 황소고집이 곧 군대인 것이다.

-하지만 지난번 강원도 태백의 산불을 미리 예견했던 적이 있어서 겨우 설득할 수 있었습니다. 다만 그럴 만한 징후가 있어야 할 것이라는 경고는 받았지요.

자칫했다가는 한 소령이 감당해야 할 리스크가 있었다는 말.

이거 쉽지 않은 일이다.

책임을 지지 않아도 될 일에 나선다는 것은 그 누구라도 절대 쉽지 않다.

더구나 자신의 담당도 아닌 일에 말이다.

"그, 그래서요?"

―육군항공대 소속 부관이 헬기의 목적지까지 가서 상황을 알아보는 조건이었는데, 때마침 그 시각 그 지점에 엄청난 강풍과 폭우가 동반된 악천후가 있었다는 것이 확인됐습니다. 그래서 제 경고가 먹혀든 덕에 저에 대한 리스크가 없어졌습니다.

"와! 정말 잘됐네요."

―하하핫, 비행 일정상으로 보아 추락했다면 그 지점이 홍천군 남면 시동 인근이 됐을 것이라는 보고가 있었습니다.

맞다. 정확한 장소는 강원도 홍천군 남면 시동 4리 청아목장 뒷산이었으니까.

"그 말씀은 추락이라는 확신이 있었다는 겁니까?"

―그렇게 유추하고 있습니다. 확률로는 대략 80퍼센트 정도는요. 어차피 지역성 기후는 기상청에도 알 수 없는 일이라 실제로 현상이 나타난 이상 설득력을 갖는다고 봐야지요.

바보가 아닌 이상 유추하기는 어렵지 않을 것이다.

결정적인 것은 그 시각에 폭풍우가 있었다는 점이다.

"아무튼 천만다행입니다."

―하마터면 아까운 인재 두 명을 잃을 뻔했습니다. 감사합니다.

"천만에요. 제 말을 무시하지 않고 들어 준 한 소령님이 더 대단하지요."

―하핫. 저야 저번 일이 있지 않습니까? 단지 상부를 설득하는 데 더 애를 먹었을 뿐이죠.

"그게 더 대단한 일이라는 겁니다. 혹시 리스크만 있고 상은 없습니까?"

―아, 이번 일로 인해 진급이 조금 더 당겨질 것 같습니다."

사고를 미연에 막았다는 공을 인정받았다는 얘기다.

"우와! 축하할 일이네요."

―뭐, 기록에는 남지 않고 비고란에 기록되는 참고 사항 정도지만 전번 일도 있고 해서 기대를 해 봅니다. 하하핫.

이른바 일종의 특진 케이스다.

한 소령이 육사 출신이니 중령 진급까지야 무난하겠지만, 1차 진급 대상에 든다는 보장은 그 어디에도 없다.

1차 진급 대상자라면 대령 진급까지는 보장된다고 할 수 있지만, 2, 3차 진급 대상이라면 중령 계급이 한계라 특별한 일이 없으면 물 건너갔다고 보면 된다.

하지만 특진 케이스라면 대령 진급은 따다 놓은 당상이다.

한 소령의 음성이 전에 없이 밝은 것도 그런 차원일 것이다.

그래서 자신 있게 요구할 수 있었다.

"진급하시면 한턱내십시오."

─아! 당연하지요.

"하하핫, 그때를 기다리지요."

─지금 업무 중이라 길게 얘기하기가 그러니 나머지는 만나서 얘기하지요.

"예, 이만 끊을게요."

탁.

'정말 잘됐어.'

인명을 구했다는 것에 감정이 살짝 고무되면서 어딘가 모르게 뿌듯해지는 담용이다.

'쯧, 그나저나 지리산으로 갈 시간이 없네.'

본격적으로 수련해 볼 마음은 굴뚝같은데 도통 시간이 나질 않았다.

깡그리 내팽개치고 떠나기에는 걸려 있는 것들이 너무 많은 데다 업무 역시 하나같이 만만치가 않은 탓에 누구를 대신 하게 할 수도 없었다.

이를 일찌감치 알았기에 성주산에서나마 수련을 게을리하는 일은 없었지만 미진한 감을 떨치지는 못했다.

'1시간을 더 늘려 봐?'

이미 수련을 1시간 더 늘려 새벽 5시에 오르던 성주산을 4

시에 오른 지도 벌써 일주일째다.

거기서 1시간을 더 늘린다면 새벽 3시에 일어나야 한다는 말이 된다.

'당분간은 어쩔 수 없구나.'

기실 수련 장소가 중요한 것은 아니었다.

다만 사람들이 많이 오르내리는 장소이다 보니 집중도가 떨어진다는 점이 문제였다.

담용이 그동안 자주 지리산을 입에 담는 이유도 거기서 기인했다.

심심산골에서의 수련이 도심지에 있는 산에서 하는 것과는 비교 불가일 것이기에 미련이 남는 것이다.

그래도 다행히 하루도 거르지 않고 꾸준하게 수련할 수 있는 산이 인근에 있으니 행운이라 할 수 있었다.

그 덕분인지 차크라의 원활한 운용은 물론 그에 비례해서 초능력 또한 성장세가 뚜렷했다.

그렇다고 문제가 전혀 없는 것은 아니었다.

첫째는 전문가의 조언이나 가르침이 없는 상황이라는 것.

둘째는 홀로 개척하며 헤쳐 나가다 보니 모든 면에서 발전이 더디다는 것.

그 결과 운용의 묘가 다양하지 못하고 그 깊이도 얕다는 점이 문제가 됐다.

1단계인 마스터의 경지에 도달하려면 극복해야 할 숙제였다.

"담용아, 빨리 와라. 다 식는다."

"어, 그, 그래."

생각에서 깬 담용이 잰걸음으로 다가가니 도원이 팥죽 한 그릇을 다 비우고는 더 달라며 혜린에게 그릇을 건네고 있었다.

"인마, 그걸로 배 채울래?"

"하핫, 맛있는 걸 어떡하냐?"

"너, 죽 좋아하지 않잖아?"

"내가 언제?"

"짜샤, 너 입원하고 갓 퇴원했을 때 내가 죽을 사 준다고 하니까 죽을까 봐 안 먹는다며?"

"나 그런 말 한 적 없다."

"하! 뻔뻔한 자식."

죽의 '죽' 자를 강조하며 절대로 안 먹는다던 놈이 지금은 언제 그랬냐는 듯 시치미를 뚝 뗐다.

"히힛, 빨리 먹어. 다 굳어 버렸네."

"팥죽은 원래 식어야 맛있어."

"그래?"

"그럼. 식어야 동치미도 더 잘 어울린다고."

이건 참말이다. 팥죽에 동치미를 곁들이는 것은 어울리는 맛도 맛이지만 식도를 타고 생목이 올라오는 것을 방지하기 위함도 있었다.

"어쭈, 많이 먹어 본 것처럼 말하네."

"어릴 때 고모가 엄청 많이 끓여 준 덕분이지."

후루룹.

"흐음, 맛있네."

"도원 오빠, 여기 있어요."

"고마워, 혜린아."

"혜린아, 도원이 죽 별로 안 좋아한다. 도로 가져가라."

"어머, 정말?"

"아, 아니야. 야! 넌 왜 애먼 누명을 씌우고 그래?"

"인마! 먹기 싫은 걸 억지로 먹을 필요 없잖아?"

"우얼, 이렇게 맛난 걸 왜 안 먹어? 혜린아, 괜한 소리니까 신경 쓰지 마."

"도원 오빠, 죽을 좋아하지 않는 사람도 많아요."

억지로 먹지 말라는 말.

"나, 죽 좋아한다니까."

"그렇다면 다행이고요. 팥죽은 또 끓이고 있으니까 많이 드세요."

"그럼. 바쁠 텐데 어서 일 봐."

"네."

혜린이 돌아서자, 도원이 인상을 구기며 담용을 째려봤다.

"야! 넌 왜 괜한 말을 해서 날 곤란하게 만들어?"

"사실이잖아?"

"이게 또……."

"너 죽 먹고 탈나도 뭐라고 하지 마라."

"짜샤, 그럴 일은 절대로 없을 테니 마음 놔라."

"그런데 왜 날 보자고 한 거냐?"

"아, 그게……."

"왜? 어머님이 빨리 결혼하라시냐?"

"그건 아니고……."

"그럼 뭔데? 우물쭈물하지 말고 말해 봐."

"너…… 말이다."

쉽게 말을 못 하겠는지 도원의 표정이 묘하게 변했다.

'이 녀석 보게.'

문득 또 돈을 떼였나 하는 생각이 들었다.

사실 도원의 성격이 좀 무른 데가 있어서 상대방의 어려움을 외면하지 못하기는 했다.

그런 탓에 설핏 의심이 들었다.

"뭔데? 말해 봐 또 돈 떼였어?"

"아냐, 그런 거."

"아놔, 그 자식 되게 뜸들이네. 빨리 말 안 하면 없는 일로 할 테니 알아서 해."

못할 말이 없는 친구 사인데도 불구하고 쉽게 입을 떼지 않는 도원이 이상했는지 담용이 채근했다.

"아, 저기…… 너 말이다. 혹시 아직도 군대 동료들과 연락이 돼?"

"엉? 군대 동료?"

"응."

"연락이야 늘 하고 있지. 그건 왜 묻는 건데?"

"사실은…… 박정호라는 고등학교 동창 녀석이 곤란한 일이 생겼다면서 도움을 요청해 왔거든."

"뭐? 네 일이 아니라고?"

"응. 그래서 말을 할까 말까 망설인 거다."

"됐다, 나나 친구들이나 남의 일에 관여하고 싶은 생각은 추호도 없으니까."

"야, 마저 들어 보고 말해."

"네 녀석이 직접 관계된 일이 아니라며?"

"그야…….."

"그렇다면 들어 보나 마나잖아?"

"아쒸, 너야 그렇다고 쳐도 제대하고 방구들을 침대 삼아 나뒹구는 동료들은 생각 안 하냐? 단 한 푼이 아쉬운 처지일 수도 있잖아?"

"어? 그 말은…… 대가가 있다는 뜻인데. 그런 거야?"

"당연하지. 아무려면 그냥 일시킬까 봐?"

"흠, 그렇단 말이지."

턱을 괸 담용의 뇌리로 클리어가드 식구들이 떠올랐다.

연락한 지도 꽤 돼서 슬며시 걱정이 됐다.

일감은 있는지 아니면 펑펑 놀고 자빠졌는지.

적어도 네 명은 파크인터코리아에서 경호를 서고 있겠지만 나머지 인원은 잘 모르겠다.

아, 권영진 의원의 보디가드로 두 명이 근무하니 총 열한 명 중 다섯 명은 상시 대기 상태일 것이다.

거의 절반이 손을 놓고 있는 상황이라면 클리어가드로서는 손해가 이만저만이 아니었다.

그런데 꼭 그렇지도 않은 것이 심종석에게서 연락이 없는 걸 보면 잘 돌아가는 것도 같았다.

'연락을 해 봐야겠군.'

"무슨 일인데?"

"그보다 걔들 실력은 어때?"

"주먹 쓰는 거 말이냐?"

"응."

"너 특전사 출신들 앞에서 그런 의심하면 죽는 수가 있으니 조심해라."

"짜식, 겁주기는."

어쨌든 실력을 의심할 필요 없다는 뜻으로 알아들은 도원이 말을 이었다.

"너, 성산건설 알지?"

"성산건설이라면…… 마포에 있는 건설회사?"

"맞아, 박정호가 바로 박 회장의 막내아들이야. 직책은 총무부장이고."

"그 말은 성산건설에 문제가 생겼다는 얘긴가?"

"응, 주먹쟁이들이 와서 깽판을 친다고 하더라."

"법은 냅뒀다가 어따 쓰고?"

"자세한 사정은 모르는데 성산건설이 어려운 지경이라고 해."

"그거야 IMF 상황이라면 어느 기업이든 다 그런 처지잖아?"

"애초 발단은 그건데 경우가 조금 달라. 회사를 매각하려고 내놨거든."

"그럼 팔면 되겠네. 매입할 회사는 있고?"

"응, 근데 그게 쉽지가 않은가 봐."

"주먹쟁이들이 나서서?"

"그래. 그놈들이 나서서 성산건설은 물론 매입할 회사까지 협박을 해 댄다고 하더라."

"헐, 그게 가능한 소리냐? 이봐, 성산건설이면 1군 건설업체라고."

깡패들이 협박하며 설친다고 해서 좌지우지될 규모가 아니라는 뜻.

"알아. 하지만 법적으로 자격을 가지고 있다 보니 경찰도 손을 쓸 수가 없단다."

"뭐? 어째서?"

"주식 지분을 30퍼센트나 보유하고 있단다. 게다가 우호 지분도 제법 확보해 놔서 자칫하다간 경영권을 내놔야 할 판이란다."

"아직은 방어를 하고 있다는 얘기네."

"응. 문제는 그놈들이 경영자 측 우호 지분에 속한 주주들을 찾아다니면서 못살게 군다는 것이지."

그렇다면 말이 된다. 주주들이 협박에 못 이겨 주식을 헐값에 양도하거나 그쪽 우호 지분으로 돌아선다면, 경영권이 넘어갈 수도 있으니까.

"협박하는 걸 가만 놔둔단 말이야?"

"경찰에 신고를 해도 그때뿐이래."

"흠."

대충 알 만했다.

주주들을 찾아가 깽판을 치다가 신고라도 할라치면 슬쩍 물러났다 경찰이 가고 나면 또다시 와서 괴롭히는 짓을 반복하는 전형적인 양아치 전법이다.

그런데 이게 의외로 효과가 있다.

주주들은 불안하고 귀찮아서라도 주식을 내던지듯 팔아 버리거나 아니면 우호 지분으로 합류하는 경우가 더러 생긴다.

효과가 있기에 양아치들이 많이 사용하는 수법이기도 했

다.

때로는 경영권을 밀고 당기는 과정에서 그런 양아치들을 이용하기도 한다.

"회사 이름이 뭐래?"

"맥시멈환경."

"맥시멈환…… 뭐, 뭐라고?"

무심코 읊조리던 담용이 갑자기 벌떡 일어서며 소리쳤다.

"까, 깜짝이야."

목소리가 제법 컸던지 팥죽을 먹던 사람들의 시선이 모조리 두 사람에게로 쏠렸다.

'이, 이런…….'

곰방대 할아버지는 물론 혜린과 정인의 시선도 의식한 담용이 머쓱하게 웃으며 다시 자리에 앉고는 팥죽을 퍼먹었다.

'양경재. 이 자식이 또…….'

언젠가는 제대로 손을 봐 주려고 벼르고 있던 차인데 제 버릇 남 못 준다고 또 그 짓거리를 하고 있다.

기억 저편과는 달리 아직은 파크인터코리아의 일 말고는 딱히 접점이 없다 보니 등한시하고 있었던 놈이다.

뭐, 회귀 후에 원한을 진 일도 없으니 아무런 관계가 아니긴 하지만, 이대로 손 놓고 있다가는 양경재란 놈이 애먼 사람들을 희생양으로 삼고도 남는다.

담용이 주변의 눈치를 보고는 나직한 음성으로 물었다.

"너…… 방금 맥시멈환경이라고 했냐?"

"그래. 근데 왜 그리 놀래?"

"그건 알 것 없고."

"에이, 아닌 것 같은데?"

"일이 있다고 해도 넌 신경 쓰지 마라."

"뭐, 좋다. 깔끔하게 넘어가 주는 대신 네 동료들에게 일을 해 줄 수 있는지 물어봐 주는 거다. 알았지?"

"썩을 놈, 별 같잖은 걸로 조건을 거네."

"히힛, 정호 놈이 다급해하는 눈치라서 말이다."

"대가는?"

"그건 나도 몰라. 서로 만나서 합의해 보라고 해."

"알았어. 일단 말해 볼게."

"야! 건성으로 대답하지 말고!"

"글쎄, 알았다니까 그러네. 네 말대로 뒹구는 애들이 더러 있거든."

"그것 봐라. 군바리가 제대하고 나면 할 일이 있겠냐? 주특기란 것이 죄다 사람 죽이는 것뿐인데."

"인마, 기술자들도 더러 있어."

"푸하핫, 군대서 딴 자격증이 얼마나 쓸모가 있다고. 잘 알면서 왜 그래?"

'짜식이 할 말 없게 만드네.'

뭐, 딱히 틀린 말은 아니다.

골드윙?

공수휘장이다.

고공 낙하 1천 회 이상 강하 경험자에게 수여되는 휘장이다.

이게 사회에서 뭔 필요가 있냔 말이다.

폭파 기술?

대한민국에 발파 작업이 흔히 있는 일도 아니어서 소용없다.

사격 기술?

제아무리 명사수라도 제대하면 묻혀 버리는 특기다.

뭐, 그걸 감안해서 별도의 기술을 익히고는 있지만 전문적이지도 않고 시간에 쫓기다 보니 수박 겉핥기식이다.

담용 자신도 자동차 섀시를 배워 기능사보라지만, 사실 어디다 내놓을 정도로 기술을 익힌 건 아니었으니까.

자격증만 덜렁 받아 놓은 기분.

군대서 배운 기술이 으레 그렇다 보니 제대 후의 직업이란 것이 대부분 업체 경비나 경호원, 그도 아니면 막노동판이다.

"젠장, 아무튼 알았으니까 마저 먹기나 해."

"그래, 되도록이면 빠른 시일 내에 부탁하자."

"알았어."

안 그래도 손을 봐 줘야 하는 놈이라 미룰 일도 아니었다.

하지만 클리어가드 직원을 해결사로 보내서는 곤란했다.

'사정을 조금 더 알아봐야겠어.'

적대적 M&A일지라도 밀고 당기는 기간이 적지 않게 소요되는 것이 기업 인수인계다.

당장 급한 일은 아니라는 얘기.

'누가 적당할까?'

브라보팀은 지금 야쿠자들이 은닉해 놓은 자금을 찾는 임무에 투입된 상황이라 인원을 빼내기가 어렵다.

인원을 보강하는 것으로 보아 의외로 골치를 썩이는 모양이었다.

하기야 야쿠자들도 번번이 탈탈 털리는 통에 이번만큼은 신중했을 것이 빤했다.

국정원에서도 이미 확보한 은닉처를 털지 않는 것은 나머지 자금이 더 깊숙이 숨어 버릴 것을 염려해서다.

일제 앞잡이들의 친목 모임인 중추회 사무실 감시도 중단된 상태다.

담용은 놈들의 자금도 드라공 루팡이 가져간 표식을 남길 작정이었지만 조금 연기됐다.

'그리고 보니 김창식 요원만이 인천차이나타운에 투입돼 감시하고 있는 실정이네.'

홍콩 흑사회와 닌자들 간의 격투 결과가 궁금했다.

아직 연락이 없는 걸 보니 맞붙지 않은 듯했다.

닌자들 특유의 신중함 때문에 시일을 질질 끌고 있는 것으로 보였다.

그게 아니라면 인원을 보강하느라 지체하고 있는 것일지도.

'이거 역시 일이 점점 확대되는 기분이군.'

담용 자신으로 인해 촉발된 일이었고, 중간에 기름까지 퍼붓는 농간도 있어서 흑사회와 야쿠자 간의 다툼은 홍콩에서부터 시작됐다고 해도 과언은 아니었다.

그랬던 것이 지금은 격전장이 한국이 되어 버렸다.

원흉(?)은 쏙 빠진 채 말이다.

'쩝, 그러고 보니 인맥이 너무 없네.'

수시로 PA 요원을 확보해 둘 것을 그랬다.

하지만 이 역시 마음만 빤하지 쉬운 일은 아니었고, 다방면의 인맥이 필요한 일이었다.

'조철권?'

절레절레.

문득 떠올랐지만 주먹질만 할 줄 아는 조철권이 기업의 생리에 대해 알 턱이 없다.

담용은 단순히 양경재가 동원한 깡패들을 상대하려는 것이 아니었다.

아예 근본부터 껍데기를 벗겨 버릴 작정을 했기에 보다 신중한 인물을 택하려는 것이다.

담용 자신이 직접 움직이기에는 업무가 산적해 있는 터라 장기적으로 매달리기가 곤란해서다.

　'하, 어렵네.'

　기실 내심으로 바라는 인물의 성향은 이렇다.

　조금은 능글대고, 약삭빠르고, 약아빠지고, 노련하고, 박식하고, 인맥이 넓고, 정보 수집이 빠르고, 얼굴 두껍고, 여기에 센스까지 갖춘 사람이라면 더할 나위가 없다.

　'쩝, 너무 완벽한가?'

　생각해 놓고 보니 여의봉을 쥔 만물박사를 찾는 것이나 다름없었다.

　게다가 그 정도의 인물이라면 나이가 든 중년일 것이다.

　젊은 사람이 갖추기에는 턱도 없는 스펙이었으니까.

　'아무래도 조 과장님에게 협조를 구해 봐야겠군.'

　더 늦기 전에 사람부터 확보해야겠다는 생각이 들어 자리에서 일어섰다.

　"이만 가 봐야겠다. 넌 더 있을 거냐?"

　"오늘 일정은 이사장님의 동선을 따르기로 했다. 바쁘면 가 봐라. 부탁한 거 잊지 말고."

　'에혀, 그건 내가 더 바라는 일이다.'

　"알았다. 수고해."

BINDER
BOOK

얽히고설키고

인천 올림포스호텔 인근의 CIA 안가.

안가는 비상이라도 걸렸는지 자정을 넘긴 시각임에도 불이 꺼지 않고 있었고, 인천지부 팀장인 스티븐 클리프의 시선은 여섯 대의 모니터에서 떠날 줄을 모르고 있었다.

이유는 CIA가 코리아의 제2항인 인천에 한 개 팀을 두고 있는 까닭으로 인해서였다.

즉, 주요 감시 타깃인 인천해역방어사령부, 즉 인방사가 존재하기 때문이었다.

물론 근래 들어서는 이전보다는 많이 한가해지긴 했다.

그 까닭은 1년 전인 1999년 10월에 인천에 주둔하고 있던 제2함대가 평택으로 옮겨 갔기 때문이다.

하지만 임무가 줄어든 것은 아니었다.

인방사 대신 지금은 코리아의 제2항구로 들고나는 모든 인적 물적 자원들을 감시하는 역할이 더해진 것이다.

그러나 제2함대가 주둔하고 있을 때보다는 긴장도가 훨씬 덜해 근무하기에는 편했다.

그런데 요즘 들어 비상 아닌 비상이 걸린 상태여서 오랜만에 신경이 곤두서 있는 클리프였다.

다름이 아닌 지부장인 애덤의 지시, 실종된 애들을 찾으라는 지시 때문이었다.

톡톡톡.

손가락으로 책상을 두드리던 버핏이 입매를 일그러뜨리며 중얼거렸다.

"젠장 할. 찾아야 할 놈들은 코빼기도 안 보이고 엉뚱한 녀석들이 몰려와서 속을 썩이는군."

짜증은 났지만 그래도 신경을 쓸 수밖에 없었다.

이유는 혹시라도 실종된 아이들과 연관이 있지 않을까 하는 생각에 요원들로 하여금 차이나타운을 장악하고 있는 흑수당을 감시하도록 한 것이다.

CIA의 강점은 행동 강령에 '설마' 하는 마음이 가장 큰 적이라고 명시되어 있어서 미세한 부분도 놓치지 않고 살핀다는 점이었다.

이를 대변이라도 하듯 여섯 대의 모니터 중 하나에는 실종된 이들의 사진이 나타나 있었다.

사진 옆에는 타일러 맥버드, 무리엔 스캇, 하퍼 케이힐이라는 이름까지 쓰여 있었다.

모두 실종된 이들이라며 지부에서 보내온 자료였다.

이들의 정체는 모르지만 어찌 됐든 미국인이라는 점이 중요했다.

실종됐다면 무조건 찾아야 했고, 위험에 처했다면 무슨 수를 쓰든지 구해야만 했다.

지금은 실종보다는 위험에 처했을 것이라는 지부의 판단하에 폭력배들과 연관을 짓다 보니 자연적으로 눈을 돌리게 된 곳이 지역 폭력 조직들이었다.

그러나 코리아의 폭력배들은 애들 소꿉장난을 면치 못하는 수준이다 보니 자연 차이나타운의 흑수당에 눈을 돌리게 된 지금이었다.

"흑수당 놈들도 관계가 없어 보였는데……."

그동안 살펴본 바로는 그렇게 판단되다 보니 이 짓도 슬슬 지겨워지던 판이다.

그러다 보니 찾는 아이들이 치나(중국) 애들과 연관됐으리라는 생각 역시 희미해져 갔다.

그런데 갑자기 흑수당의 인원이 불어나더니 두목인 샤이펑이 물러나고 웬 난데없는 작자가 두목 자리에 앉았다.

그 탓에 다시금 주시하게 됐다.

시간이 갈수록 분위기가 심상치 않다고 여겨지더니 급기야 이틀 전에는 칼부림이 동반된 패싸움까지 벌어졌다.

그것도 상대방이 우방인 일본 애들이란 것. 게다가 세계 3대 폭력 조직 중 하나라는 야쿠자라는 것.

이걸 어떻게 해석해야 할까?

그냥 모르쇠로 일관하자니 코리아 내에서 일어나는 모든 일을 놓치지 않고 취합해야 하는 CIA 방침에 어긋나서 그럴 수도 없다.

확실한 것은 두 집단과 실종된 아이들과의 연관성이 희박하다는 점이었다.

"그놈 이름이 우치엔이었지 아마?"

사락.

서류 한 장이 넘겨졌다.

　　이름 : 우치엔
　　나이 : 43세
　　직위 : 홍콩 흑사회 중간 간부로 추정
　　2000년 10월 x월 x일 입국.
　　조직원 : 진지에펑, 리우왕지, 센리우첸

이외에도 샤이펑과 부하들을 비롯해 대림동의 펑다우와 그 수하들 그리고 무소속인 팡보 패거리 등이 상세하게 열거

되어 있었다.

'하여튼 쪽수는 많은 족속들이야.'

금세 떼거리로 모여든 인원만 무려 50여 명이다 보니 마냥 무시하기도 어려워 감시를 하게 했다.

톡톡톡톡.

조금은 고민이 되는지 클리프가 손가락으로 연신 책상을 두드려 댔다.

덜컥.

노크도 없이 클리프의 집무실 문이 열리면서 갈색 머리의 백인 여성이 들어섰다.

"팀장님, 두 곳 모두 놈들의 지원군이 합류했다는 연락이 왔어요."

"뭐? 지원군이라니? 뭔 소리야?"

"그래서 알아봤는데 여기……."

백인 여성이 쪽지 한 장을 내밀었다.

홍콩인 페이뚱, 뤄멍 - 흑사회 멤버.

다카하시 도시오, 스즈키 히로시 - 일본 야쿠자로 추정됨.

쪽지의 내용을 쓰윽 살핀 클리프가 물었다.

"레카, 자네가 직접 알아본 건가?"

"네."

"끙, 도대체 일이 어디까지 확대되려고 이러나?"

"팀장님, 우리 일도 아닌데 그냥 접는 건 어때요?"

"나도 그러고 싶어. 하지만 직접 가담하는 것도 아니고 그저 지켜보는 것일 뿐이니 어려운 일은 아니잖아? 보먼을 불러."

"네."

레카가 나가더니 잠시 후, 보먼이라는 흑인 남성과 같이 들어왔다.

"부르셨습니까, 팀장님."

"그래."

탁.

클리프가 야시경을 책상 위에 올려놓고는 상세 지도가 부착된 벽으로 향하며 말했다.

"여길 봐."

클리프가 지도의 한 지점을 가리켰다. 자유공원로에 가까운 지점으로, 건물임을 표시하는 기호가 부착되어 있었다.

"거긴 천문각이 아닙니까?"

"맞아, 우리도 식사한 적이 있는 건물이지."

"그거야 탐색 삼아 들른 거죠. 맛은 별로였어요."

"그건 레카, 네 입이 까다로워서 그래."

"핏."

"아무튼 근처의 건물 중 가장 높은 건 사실이지."

"그렇죠."

"보먼이 오늘 애를 좀 써 줘야겠어."

"그건 어렵지 않은데 이유를 말씀해 주시죠."

"이건 순전히 내 직감인데 말이야. 아무래도 오늘 밤이 심상치 않아."

"놈들이 또 투닥거릴 거란 말입니까?"

"맞아. 시간은 역시 밤이 되겠지. 아마 새벽 한두 시쯤? 두 패거리들에게는 잔인한 시각이 되는 셈일 테고 말이야."

"그러니까 팀장님 말씀은 저더러 천문각 지붕에 올라가서 야시경으로 놈들이 싸우는 걸 지켜보란 뜻이지요?"

"그렇지. 적외선 캠코더로 촬영하는 것은 덤이고."

"뭐, 천문각이라면 치나 애들이 거주하는 안가인지 초옥인지 어느 정도는 보일 테니 살피는 데는 어렵지 않을 겁니다."

"특히 포스[氣]를 사용하는 자가 있는지 유의해서 살피도록 해."

"포스? 그게 뭡니까?"

절레절레.

"나도 처음 듣는 용어라 잘 몰라."

"에? 그게 뭡니까? 뭔지 알아야⋯⋯."

"지시 사항에는 사람이 치는 흉내만 냈는데도 풀썩 쓰러지는 일이 벌어지면 그게 포스라더군."

"초능력을 말하는 겁니까?"

"그거라면 에스퍼라고 못을 박아 말했을 테니 그건 아닌 것 같아. 아마 동양 고유의 무술에서 기인한 게 아닌가 싶어."

"이거…… 뭔가 좀 요상한 지신데요?"

"지부에서 특별히 부탁한 사항이라면 이유가 있겠지. 그러니 졸지 말고 잘 살펴봐."

"쩝, 명심합죠."

"끝났다 싶으면 곧바로 철수하고."

"알겠습니다."

"레카는 예기치 않은 일에 대비해 보먼을 먼발치서 지켜봐 줘. 아, 권총에 소음기를 부착하는 것 잊지 마."

어쩔 수 없는 상황에서는 총기 사용을 허락한다는 얘기.

"그러죠."

"젠장. 비상이라 어쩔 수 없다고 생각해. 나 원, 이상한 일로 밤을 새우게 되는군."

"팀장님, 실종된 애들과는 연관이 없겠죠?"

"그런 것 같긴 한데…… 포스라는 현상이 나타나면 어떻게 될지 모르겠다. 어쨌든 오늘 밤의 상황을 보고 난 후 생각해 보자고."

"그러죠 뭐."

인천 올림포스호텔.

수하들과 호텔의 특실에 묵고 있던 무라카미 아키라는 수하들이 도열한 맨 앞에서 출입문이 열리기를 기다리고 있었다.

이윽고 기다리던 사람이 왔는지 문이 열리고 두 사람이 들어섰다.

그런데 두 사람 모두 무척이나 왜소했다.

아니, 작은 데다 깡말랐다고나 할까? 얼굴만 아니라면 어린아이 같은 체구다.

꾸우벅.

무라카미가 두 사람을 향해 허리를 깊이 접으며 정중하게 맞았다.

"다카하시 님, 어서 오십시오."

"어이쿠, 아키라 도련님, 그러지 마십……."

말을 하던 다카하시가 안색이 대번에 홱 변했다.

"헉! 도, 도련님, 그 손…… 다치셨습니까?"

무라카미가 허리를 펴자마자 부상당한 손을 보고는 서둘러 다가와 붕대 감은 손을 감싸 안는 다카하시다.

다카하시가 가신으로서 무라카미를 생각하는 마음이 얼마나 지대한지 단적으로 보여 주는 모습이다.

그런데 상처 부위를 감싸는 손이 마치 뼈에 가죽이 달라붙은 미라 같다.

"찰과상일 뿐이니 걱정하지 않으셔도 됩니다."

"그래도 첫 치료를 잘하셔야 덧나지 않습니다. 겐지!"

척!

"하이!"

"도련님을 잘 지키라고 했을 텐데 뭐 하고 있었기에 이 지경이야?"

"죄, 죄송합니다."

"아, 아, 다카하시 님, 겐지가 온몸으로 막아 준 덕분에 이 정도로 그쳤습니다. 그러니 오히려 칭찬을 해 줘야 합니다."

"그, 그래도……."

"아, 아, 됐습니다. 먼 길을 오셨는데 화부터 내서야 되겠습니까? 여기…… 앉으시지요."

"크흐흠. 그, 감사합니다."

무라카미의 거듭되는 재촉에 마지못해 소파에 앉는 다카하시다.

"그런데……?"

무라카미가 다카하시와 동행해 온 사내에게로 시선을 보내며 누구냐는 눈빛을 자아냈다.

아마도 처음 보는 얼굴인 듯한 표정이다.

"아, 스즈키, 인사드려라. 본가의 무라카미 도련님이시다."

"핫!"

철퍽.

소개가 있자, 대답과 동시에 무릎을 꿇은 스즈키가 머리를 깊이 숙였다.

바닥에 웅크린 모습이 마치 말라비틀어진 풍뎅이 같다.

"스즈키가 무라카미 님께 인사드립니다."

"아, 그……."

"도련님, 스즈키는 야마부시山伏입니다."

"아! 야, 야마부시……."

듣고도 놀랐던지 무라카미가 새삼스럽다는 눈빛을 내보이며 스즈키의 요모조모를 살폈다.

그도 그럴 것이 야마부시는 원래 일본인들이 산속에서 은거하고 있는 무사나 수련자를 부를 때 쓰는 말이어서다.

그런데 닌자 가문의 야마부시는 극한의 수련을 하며 가문의 존폐가 걸리지 않은 이상 좀처럼 속세에 나오지 않는 수련자들이었다.

"다카하시 님, 예전에 뵀던 때보다 더 말라 보입니다. 그러다가 건강이라도 해치면……."

"하하핫, 야마부시들의 운명이 그런걸요. 그리고 그렇게만 볼 게 아니라 더 숙련됐다고 해야 맞는 말이겠지요."

"그걸 모르는 건 아닙니다만…… 더구나 이번 일이 산山

사람까지 나설 정도는 아닌 것 같아서요."

"하핫, 가주께서 지시한 일이라 저는 뭐라고 말하지 못합니다. 도련님께서는 그저 가주께서 걱정되어 보내셨다고 여기시면 됩니다."

"쩝, 아버님도 참……."

"아무리 도련님이시라도 가주님이 결정한 일을 거부할 수 없습니다."

"알고 있습니다. 하면…… 편복……."

끄덕끄덕.

말을 막을 속셈인지 다카하시가 무라카미의 말을 중간에서 끊는 의미로 급히 고개를 끄덕였다.

"예, 내각정보조사실의 국제부 부장 기시 에이사쿠가 외교행랑을 통해 들여와 준 덕분에 받을 수 있었습니다."

"하긴 야마부시가 등장했다면 기물이 없어서는 안 되겠지요. 아, 스즈키, 그렇게 있지 말고 자네도 여기 앉아."

"저는 괜찮습니다."

다카하시와 동행해 온 스즈키가 겐지 옆으로 가서 섰다.

"도련님, 도련님도 그렇고 아이들도 다친 것 같은데…… 흑사회 놈들이 그렇게 강합니까?"

"그렇지는 않아요. 숫자에서 밀린 것뿐입니다."

"몇 명이나 됩니까?"

"최소한 쉰 명은 되어 보였습니다. 거기에 비해 우린 고작 여덟 명밖에……."

"여덟 명요? 제가 알기로는 열 명이라고 들었습니다만."

"모종의 임무를 띠고 갔던 나루세와 아라키가 실종되는 바람에……."

"예? 실종이라니요?"

"그게……."

무라카미가 나루세와 아라키에게 염곡동의 이상민을 처치하라는 지시를 내렸던 일을 말했다.

"하! 그런 일이?"

조금은 어처구니없다는 표정을 자아낸 다카하시가 말했다.

"도련님, 게닌下忍의 실종은 곧 죽음입니다."

그것이 곧 닌자의 삶이었기에 당연한 말이었다.

그러나 게닌은 닌자들 중에 가장 기본적인 전투원이지만 실질적인 작전에 투입되는 정예 요원이라 손실이 적다고 할 수 없었다.

"아, 알고 있습니다. 하지만 흑사회로 인해 두 사람의 행방을 수소문할 시간이 없었습니다."

"영사관에 연락해 보셨습니까?"

"아직……."

말을 잠시 멈춘 무라카미가 다시 입을 열었다.

"매스컴에서 염곡동 살인에 대한 보도가 없는 걸로 보아

나루세와 아라카가 임무를 마칠 때까지 귀환하지 않았을 수
도 있어서요."

"흠, 그럴 수도……."

이 역시 닌자들의 철칙이라 고개를 주억거리는 다카하시
다.

"하면 모리구치구미 아이들은 전혀 관계하지 않고 있는 겁
니까?"

"아, 그들은 정보를 제공하는 일 외에는 직접 관계하지 않
습니다."

"아니! 어째서……? 도움이 될 텐데요."

"이번 건은 전적으로 우리 일입니다."

남에게 기대서 해결하기에는 자존심이 상한다는 얘기.

"그리고 그들에게 긴급한 사안이 있는 눈치이기도 해서
요."

"제가 듣기로는 모리구치구미의 대오야붕인 데라지마 스
스무께서 우리를 요청했고, 또 뭐든 적극 협조하겠다고 했다
는데 실제로는 그렇지 않은 모양입니다."

"아, 처음엔 그랬지만 이번 일만큼은 우리 가문의 일이라
제가 도움을 사양했습니다. 뭐, 혼토 상의 눈치를 보아하니
다른 긴급한 일도 있는 것 같았고요."

"흠, 긴급한 일이라는 건 아마도 돈에 관련된 일일 겁니
다. 다이오금고에서 송금한 돈 말입니다."

"저도 혼토 상에게 들었습니다. 얼핏 듣기로는 어마어마한 금액이라더군요."

"모리구치구미에서 조선의 금융시장을 장악할 속셈으로 출혈을 했다고 하니 적은 금액은 아니겠지요."

"지금까지는 돈이 송금되는 족족 털렸다고 하더군요. 그래서 더 적극적으로 도움을 요청하지 못했습니다. 뭐, 제 자존심도 있었고요."

"잘하셨습니다. 그리고 그 도적놈이 드라공 루팡이라지요?"

"흥, 괴도 흉내를 내는 작자가 그렇게 써 놨다고 하더군요."

"털린 금액도 적지 않았다고 들었습니다만……."

"혼토 상이 말을 아끼는 통에 자세히는 모르지만 대략 천억 엔 정도랍니다. 아, 교쿠토카이의 자금까지 합해서 말입니다."

"오호! 교쿠토카이도 진출해 있습니까?"

"오히려 모리구치구미보다 한발 빨랐다고 하더군요."

"하기야 교토 촌놈들이 싸움보다 이재에 더 밝긴 했지요. 그건 그렇고…… 놈들은 어디에, 아니 위치는 파악됐습니까?"

"예, 차이나타운 끝이 자유공원이란 곳인데, 그 숲속에 한 채의 집이 있습니다. 거기가 놈들의 아지트임을 알아냈습니다."

"수고하셨습니다."

그 정도까지 알아냈다면 결코 작은 수고가 아니어서 다카하시의 머리가 절로 숙여졌다.

"하면 언제 시작할 겁니까?"

"이따가 자정이 넘으면 기습할 생각입니다."

"흠, 놈들도 기습을 예감하고 있을지 모릅니다."

"그렇다고 해도 지금은 어쩔 수 없습니다. 그저께의 일로 한국 경찰이 수사를 시작했을 테니 시간이 많지 않습니다."

"뭐, 좋습니다. 작전은?"

"전격적인 기습 외에는 달리 방법이……."

"그럼 이렇게 하시죠. 기습은 새벽 4시쯤으로 하고 도련님과 아이들은 시선을 끌어 주는 것으로요."

새벽 4시라면 가장 취약한 시간이라 할 수 있었다. 단지 시간을 끌게 되면 세간의 이목에 노출되는 것이 문제였다.

다만 방법이 있다면 야마부시가 나서는 것이다.

"아, 하면 스즈키가……."

"예, 타격은 스즈키에게 맡기면 됩니다. 그러려고 데리고 왔으니까요."

"알겠습니다. 그럼 작전을 더 세밀하게 짜야겠군요."

"아마도요."

"겐지, 애들 전부 모이라고 해."

"하이!"

10월의 한밤, 자정을 넘긴 인천 중구 선린동의 차이나타운.

2차선 도로를 가로질러 '차이나타운'임을 표시해 놓은 아치형 간판을 지나면서 조금씩 오르막길로 이어지는 도로가 차이나타운로다.

도로 양쪽으로는 온통 붉은 일색으로 치장해 놓은 중국 전통 음식점이 줄지어 늘어섰고, 양 갈래로 나뉘는 도로 끝에서 조금 더 가다 보면 울창한 숲이 우거진 자유공원이 일주도로를 끼고 있다.

한데 공원 내에 아직 불빛이 꺼지지 않은 허름한 주택이 한 채 있었다.

사방이 온통 우거진 숲인 가운데 출입로는 소로 하나뿐.

주변이 어둠과 적막으로 휩싸인 시각이었지만 주택을 향해 발소리까지 죽인 검은 인영 하나가 주변을 살피며 은밀히 접근하고 있었다.

전신이 검정 일색인 인영은 담용으로, 김창식 요원의 다급한 연락을 받고 온 터였다.

그 연유는 이랬다.

─담당관님, 쉬시는데 죄송한데요.

"아, 괜찮습니다."

담용이 아쉬운 대로 5일 휴가를 받아 수련에 열중하고 있던 중에 차이나타운을 감시하고 있던 김창식의 전화를 받은 것이다.

"무슨 일입니까?"

─좀 와 보셔야 할 것 같아서요.

"아, 곧 붙을 것 같습니까?"

─붙는 거야 이틀 전에 벌써 한바탕 했었지요.

"어? 그래요? 어떻게 됐습니까?"

이틀 전이면 담용이 한창 수련 중일 때라 내용을 알지 못해 묻는 것이다.

─제가 판단하기엔 막상막하였습니다.

"하면?"

─그게…… 오늘은 이틀 전보다 더 심상치 않은 것 같아서요.

"이유가 있습니까?"

사실 수련이 막바지라 선뜻 가겠다고 말하지 못했다.

─공교롭게도 양쪽 다 지원군들이 왔거든요.

"지원군이라면……?"

─흑사회 애들은 홍콩에서 두 명이 온 것 같고 닌자 애들은 일본에서 두 명이 왔거든요. 그런데 아무래도 닌자 측 애

바인더북

들의 움직임으로 보아 오늘 밤에 일을 벌일 것 같은 분위기라서 말입니다.

"알겠습니다. 곧 가겠습니다."

결국 수련을 중단하고 엉덩이를 들어야 했던 담용이 지금 여기에 와 있는 것이다.

또 단초를 제공한 장본인이었기에 두 집단과는 어떡하든 결말을 봐야 하는 입장이라 수련만을 마냥 고집할 수가 없었던 것도 그 이유였다.

우뚝.

은밀하던 담용의 움직임이 멈췄다.

'보초를 세워 놨군.'

소로 끝에 연장을 가슴에 품은 두 명의 사내가 왔다 갔다 하는 모습이 보였다.

이틀 전에 있었던 싸움의 여파인 듯, 기세가 등등했다.

'쯧, 은신처가 마땅치 않은걸.'

오늘 밤 불을 제대로 지피려면 자신의 위치가 무엇보다 중요했기에 적당한 곳을 찾아보았다.

'고목?'

자유공원은 사람의 발길이 닿지 않은 곳이 많아 수림이 울창해 오래된 고목이 적지 않았다.

마침 주택의 그늘을 책임지기라도 하듯 우뚝 서 있는 굵은 고목이 눈에 들어왔다.

동정을 살피기엔 적당한 지점이라 여겨졌다.

'너무 밝은데……'

자정이 넘었다지만 음력 보름을 나흘 앞둔 시기라 달이 3분의 2쯤 찬 탓에 사위는 그리 어둡지 않았다.

집 주변의 초목이 고만고만한 것도 잠입에 장애가 됐다.

무언가로 보초들의 시선을 유인해 보는 것을 생각해 봤지만 근처에 짐승 따위가 있을 것 같지가 않아 애니멀 커맨딩을 시도하는 건 포기했다.

'오늘따라 그 흔한 길양이도 없구나.'

그러고 보니 오는 길에도 어슬렁거리는 놈을 한 마리도 보지 못한 것 같다.

뭐, 능력을 발휘하지도 않았지만 밤이었고, 먹을 것이 많은 음식점들이 즐비함에도 말이다.

어쨌든 최대한의 기도비닉이 필요한 시점.

그러다 문득 '닌자'란 단어가 떠올라 또다시 움직임을 멈췄다.

'아, 닌자……'

닌자들의 특성으로 보아 만약 암습해 온다면!

주요 잠입로 중 하나가 고목일 것만 같은 생각이 들었다.

주변에 그만한 고목이 없는 건 아니었다.

다만 주택과는 조금 더 떨어져 있다는 것뿐, 안력을 돋운다면 동정을 살피는 건 그리 어렵지 않을 거리였다.

여차하면 불리한 쪽에 한 손 거드는 것 또한 가능한 거리.

담용이 원하는 건 어느 한쪽의 일방적인 우세보다는 양패구상이었다.

그걸 노렸기에 전신에 착 달라붙는 야행복을 착용하고 온 것이다.

'흠, 저 나무가 좋겠군.'

주택 옆으로 뻗은 나무 위로 올라가기로 마음먹은 담용이 그 즉시 움직였다.

스스스슥.

바람결이 나뭇잎 스치듯 다가간 담용이 나무 위로 거침없이 오른 뒤 바라보니 제법 안성맞춤인 장소였다.

다리를 뻗대고 기댄 담용이 휴대폰을 꺼내 시간을 확인했다.

12시 48분.

'아직 1시가 안 됐군.'

꾹. 꾹. 꾹. 꾸욱.

버튼을 누르고 신호가 울리자마자 김창식 요원의 음성이 들려왔다.

ㅡ예, 담당관님.

"움직임이 없습니까?"

ㅡ아직은 조용합니다.

닌자들이 호텔에서 꼼짝도 않고 있다는 말.

"조용한 게 더 이상하지 않나요?"

─아, 하늘로 솟아 사라지지 않는 이상 저희의 눈을 벗어 나지는 못합니다. 지금 PA 요원들이 청소부와 세탁물 수거 직원으로 가장해서 살피고 있는 중이라 그들의 움직임을 놓 치는 일은 없을 것이니 안심하셔도 됩니다.

"지금이 새벽 1십니다."

닌자들이라면 움직임이 있어야 하는 시각이라는 뜻.

─그럼 슬쩍 살펴보도록 하지요.

"기다리지요."

통화를 끝낸 담용이 차크라를 운기해 주위의 동정을 살펴 보았지만 여전히 조용했다.

'새벽 4시를 넘기면 곤란할 텐데……'

부지런한 사람이라면 하루 일과를 시작할 시간이다. 특히 도로 청소부들이라면 더 그렇다.

더욱이 경찰들도 수사를 시작했을 테니 여러모로 운신에 신경이 쓰일 터였다.

'지루하군.'

고작 10여 분이 지났을 뿐임에도 등허리가 뻐근했다.

'쩝, 차크라나 수련해야겠군.'

그러지 않아도 투시력과 투청력을 수련하던 중이었던 터 라 조용한 시각에 장소도 적당했다.

육감六感 중 가장 먼저 택한 수법으로 기감을 넘본 지는 꽤 됐지만, 체계를 본격적으로 정리하는 것은 최근의 일이었다.

하나를 깨달으면 둘 혹은 세 개의 의문이 발생하기도 하지만 또한 만사가 쉬워지기도 한다.

담용의 경우는 미증유의 힘이랄 수 있는 거대한 차크라의 용량 덕분에 후자에 속했다.

설혹 의문이 든다고 해도 다른 이들보다 해법이 쉬운 편이었다.

'흠, 제육감制六感은 엄두가 나지 않으니 우선 육감이라도 끝내 놓자.'

제육감, 육감을 조절하여 제어하고 확장시킴으로써 얻게 되는 감각의 경지를 뜻했다.

경지에 다다르면 가장 큰 소득이랄 수 있는 감각이 바로 미구에 다가올 위험을 예지할 있다는 예지감이다.

예를 들어 육감이 눈으로 보거나 귀로 듣는 등으로 위험을 예측한다면, 제육감은 뇌를 통해 뚜렷하게 경종이 울린다는 것이다.

그것도 훨씬 이전에 말이다.

만약 경지에 이를 수만 있다면 본능이 되어 심신일체를 이룰 수 있어 세상의 모든 위험에서 안전할 수 있다.

그러나 아직은 수련 자체를 꿈도 꾸지 못했다.

하지만 하나씩 하나씩 단계를 밟아 나갈 것이다.

뭐든 한꺼번에 이룰 수 있는 일이란 없으니까.

'응?'

투청력 수련에 집중하던 담용의 기감으로 뭔가 이질적인 것이 포착됐다.

스윽.

기감이 포착된 곳으로 시선을 돌리니 중국요릿집 지붕이 었다.

'천문각?'

밤새워 켜 두는 것인지 네온사인 간판의 이름이 선명했다.

'누구지?'

안력을 돋워 봤지만 기감만 느껴질 뿐 눈에 잡히지 않았다.

'온 건가?'

그런데 느껴지는 것은 달랑 한 사람이다. 더욱이 김창식 요원에게서 연락이 없는 걸 보면 닌자들이 쳐들어왔다고 보기도 어렵다.

'무료한데 가 볼까?'

타인의 감시하에 움직인다는 것은 별로 유쾌하지 않아 움직여 보기로 했다.

담용이 나무에서 뛰어내리려는 그때, 주머니 속의 휴대폰이 울었다.

'이크……'

김창식 요원의 전화임을 안 담용이 재빨리 거리를 벌리고
는 목소리를 죽여 전화를 받았다.

"접니다."

ㅡ담당관님, 확인해 봤는데요. 일본 애들은 아직 움직임이
없습니다.

"알겠습니다. 그런데 두 조직 외에 다른 조직이 끼어든 적
은 없습니까?"

ㅡ예? 무슨 말씀이신지……?

"아, 아닙니다."

담용은 더 말해 봐야 얘기만 길어질 것 같아 서둘러 대화
를 마무리했다.

"움직임이 있으면 곧바로 연락을 주십시오."

ㅡ옙.

'직접 확인해 봐야겠군.'

김창식의 말투로 보아 그럴 시간적 여유는 있을 것 같았
다.

하지만 섣불리 움직이기보다 또 다른 감시자가 있을지 몰
라 다시 한 번 확인할 필요가 있어서, 도로에 인접한 숲 근처
에서 가부좌를 틀고 앉았다.

근자에 와서 집중적으로 수련한 투청력을 시험해 볼 기회
이기도 했다.

심신을 안정시킨 뒤 차크라의 기운을 끌어 올렸다.

이어 귀로 집중시킨 후, 청각 조율에 들어갔다.

보통 소리를 들을 때는 고막으로 소리가 전달되어 달팽이관을 통해 뇌로 전달된다.

투청력은 뇌로 전달된 소리를 세밀하게 조율함으로써 목적으로 하는 소리를 구분하는 능력이다.

즉, 수없이 많은 음에 대한 공부가 있은 뒤라야 비로소 가능한 능력이라 할 수 있었다.

담용은 그중 인기척 혹은 사람이 내는 호흡에 집중하며 각종 잡음을 순차적으로 제거해 나갔다.

'수면 호흡……'

잠을 잘 때의 일정한 호흡 패턴 역시 제외시켰다. 당연히 코골이도 포함됐다.

대부분 퇴근한 후여서인지 그리 많은 기척은 아니었다.

달칵.

'이건 녀석이 내는 기척이고……'

애초에 감지됐던 녀석이 뭔가를 바닥에 놓는 소리로 짐작됐다.

그때, 제법 거리가 있는 곳에서 이질적인 기척이 감지됐다.

'물을 마셔?'

물론 자던 사람이 목이 말라 자리끼를 찾을 수도 있지만 이 소린 조금 달랐다.

벌컥벌컥 들이켜는 것이 아니라 목을 살짝 축이는 소리다.

'50미터 내외.'

감지된 소리로 보아 거리가 그쯤 됐다.

'얼라? 여자?'

남성의 호흡이 다소 거칠다면 여성은 부드럽다. 이는 미세하지만 목울대가 있고 없고의 차이다.

'가 보자.'

이미 감지된 감시자야 확보한 상황이니 미지의 여성(?)부터 확인하기로 했다.

가부좌를 푼 담용이 약간 내리막 경사가 진 도로를 따라 숲을 헤쳐 나갔다.

천문각이 3거리 코너 건물이라면 이 여성은 맞은편 건물 한참 뒤쪽에 있는 옥상에서 감지되고 있었다.

'여기군.'

역시나 중국음식점 건물로 3층이다.

턱.

건물 뒤편을 돌아 창턱을 잡은 담용이 점프를 하더니 이내 다람쥐처럼 날렵한 동작으로 올랐다.

옥상 난간을 잡은 담용이 턱걸이하듯 얼굴만 빼꼼 내밀어 천문각 쪽을 바라보고 있는 인영을 살폈다.

'엉?'

예측한 대로 여자였다.

그것도 금발에 가까운 갈색 머리의 외국인 여성.

　　30대 초반 정도?

　　복장 역시 감시자 역할임을 역력히 내보이는 검정 일색의 차림이다.

　　'애들은 또 누구지?'

　　팔 힘을 슬쩍 풀어 소리 없이 땅으로 내려선 담용이 이번에는 처음 감지했던 천문각으로 향했다.

　　담용은 몰랐지만 여성은 CIA인천지부 요원인 레카였다.

　　천문각 역시 3층 건물이라 잠입하는 데는 어려움이 없었다.

　　빼꼼.

　　'어? 이놈도 외국인이네.'

　　당연히 레카와 같이 임무를 수행 중인 보면이다.

　　잠시 어찌할까 망설이던 담용은 조용히 물러나 신속하게 제자리로 돌아왔다.

　　'김 요원이 놓친 건가?'

　　괜한 우려인지는 몰라도 일본과 중국에 이어 미국이나 러시아의 갱들까지 나선 건가 하는 마음이 들었는데 그럴 만한 계기가 없었다는 생각에 접어 버리고는 휴대폰을 들었다.

　　-예, 담당관님.

　　"김 요원, 혹시 일본과 홍콩 애들 외에 다른 외국인들이 이 일에 관심을 가지고 있습니까?"

-예? 다른······ 외국인들이라니요?

금시초문이라는 듯한 말투로 보아 전혀 모르고 있는 것 같았다.

"그게······."

담용은 방금 보았던 일을 얘기해 주고는 말을 이었다.

"미국이나 러시아 사람들 같아 보였는데요. 만약에 관심을 보인다면 어느 쪽 같습니까?"

-하! 그런 일이······. 저는 전혀 몰랐습니다. 하지만 러시아 애들은 아닐 겁니다. 그들은 인천보다 부산 쪽으로 왕래가 많거든요.

"그렇다면 미국?"

-아마 그럴 겁니다. 아! 그리고 보니 인천에도 CIA가 진출해 있네요. 젠장, 제가 그걸 깜빡했습니다.

"미국 CIA요?"

-예, 인방사 때문이지요.

"인방사? 그게 뭡니까?"

-아! 인천해역방어사령부를 줄여서 그렇게 부릅니다.

"아, 아."

-CIA한국지부에서 인천에 한 개 팀을 보내서 감시하는 거지요.

"감시라니요? 미국이 우리 해군을 감사한단 말입니까?"

'이게 무슨 개떡 같은 소린가?'

―뭐, 그들이야 아니라고 하지만 우리로서는 감시일 수밖에 없죠. 핑계는 차고 넘치잖습니까? 바로 코앞이 북한이니 말입니다.

 "하! 혹시라도 우리가 먼저 도발할까 염려해서 감시한다는 겁니까?"

 꼭 그것이 아니더라도 기분 나쁜 일이다.

 ―하핫, 아니라고 말 못 하겠습니다.

 "하면 CIA 측에서 홍콩 애들을 감시하고 있는 이유가 뭐죠?"

 ―그건 저도 아는 바가 없습니다. 그런데 두 명이나 나섰다면 인천팀 3분의 2가 나선 셈이니, 작은 일은 아닌 것 같은데요? 그저께 일어난 일도 알고 있다면 닌자 애들도 감시 표적에 속할 겁니다.

 당연히 그럴 것이다.

 "그들의 임무와도 전혀 관계가 없는 일에 나섰다면 뭔가 의도하는 일이 있다는 뜻이 아니겠습니까?"

 ―그런 것 같긴 한데 그게 뭔지 감이 안 잡힙니다.

 "아무래도 건드려서 좋을 것 같지는 않네요."

 ―뭐, 담당관님이 우리 측 사람이라는 것만 모르게 하면 되지 않겠습니까?

 "그래도 의도가 뭔지는 알아 둬야겠는데요?"

 ―이번 일이 끝나면 한번 알아보지요.

"참, 경찰은 어떻게 하고 있습니까? 엊그제의 일을 모를 리가 없을 텐데요."

―아, 그건 제가 조치를 해 뒀습니다.

"어떻게……?"

―담당관님께서 의도가 있으신 것 같아 수사를 흉내만 내 도록 해 달라고 협조를 구했습니다.

"하핫, 잘하셨습니다."

역시 손발을 맞춘 지 꽤 돼서 그런지 알아서 척척이다.

기분이 좋을 수밖에 없는 담용도 절로 웃음이 나올 수밖 에.

―하하핫, 그거야 기본이죠 뭐.

"나중에 맛있는 음식으로 대접 한번 하겠습니다."

―기다리겠습니다.

"아무튼 일본 애들이 움직이는 대로 연락 주십시오."

―옙!

BITDER
BOOK

불난 집에 부채질

주택이 허름한 것으로 보아 그린벨트 내의 건축제한법에 저촉되기 전부터 존재했던 듯한 모습이다.

이곳이 바로 인천 차이나타운의 뒷골목을 장악하고 있는 흑수당의 안가다.

물론 중국 5대 암흑 조직 중에 하나인 흑수당과는 그 이름만 같은 한국 내 화교의 자생 폭력 조직으로, 샤이펑이란 사내가 두목이었다.

하지만 근자에는 일본 야쿠자들과 다투던 홍콩 흑사회의 멤버들이 피신해 옴으로써 진즉 우치엔에게 상석을 내준 상태였다.

그런데 조금 전 홍콩으로부터 두 명의 사내가 옴으로써 우치엔 역시 이틀 천하로 끝나고 상석을 양보한 터였다.

상석이라야 중앙의 자리에 불과했지만 그 의미가 작지 않은 것이 바로 김창식이 언급했던 페이뚱이 자리하고 있기 때문이었다.

페이뚱은 우치엔보다 젊었지만 조직 내에서 통배권의 2인자로 불리는 무술의 고수여서 위의 서열이었던 것이다.

실내를 두루 살피던 페이뚱이 미간을 좁히더니 입을 열었다.

"우치엔 형, 어떻게 된 거요. 애들이 전부 줄부상을 당하고 있으니 말이오."

페이뚱의 말마따나 조직원들이 죄다 머리고 팔이고 붕대를 감고 있었으니 지적할 만했다.

"크흠, 할 말이 없네."

연장자인 우치엔은 구구한 변명을 하지 않고 말을 아꼈다.

"기존에 진출해 있던 모리구치구미 애들의 전력만으로는 이런 결과가 나오기는 어려울 테고…… 보강된 자들이 누굽니까?"

"아무래도 모리구치구미의 정예가 파견됐지 않았나 싶네."

"그렇게 생각하는 특이할 만한 점은요?"

"우선 몸이 무척 날래다는 것과 거기에 암기 수법에 통달한 자들이라는 점이 다르네."

"암기요? 어떤……?"

"여기 있네."

우치엔이 두 개의 암기를 내보이며 말을 이었다.

"아이들의 상처는 대부분 이런 암기에 의한 것이라네."

"이건…… 슈리켄이 아닙니까?"

페이뚱이 별 표창을 살펴보며 말했다.

"맞네. 나머지는 마름쇠고."

"쿠나이로군요."

성인 남성 손바닥만 한 길이의 단검 모양의 물건을 손에 쥔 페이뚱이 손잡이 끝의 둥근 고리에 손가락을 끼고 빙글빙글 돌렸다.

마름모꼴의 뾰족한 무기는 쿠나이였다.

흔히 수리검이라 부르지만 그것은 잘못된 것이다.

수리검은 연필 모양을 한 암기라 마름모꼴의 쿠나이와는 전혀 달랐다.

어쨌든 쿠나이는 닌자들에게는 무기 외에도 무척 다양한 용도로 사용되는 도구였다.

"그렇다면 혹시……?"

슈리켄과 쿠나이를 살피던 페이뚱이 퍼뜩 떠오른 것이 있었는지 우치엔을 쳐다보았다.

"나도 같은 생각일세."

두 사람이 연상하는 것이 일치했는지 눈빛으로 교감이 됐다.

바로 '닌자'라는 단어였다.

"정말 그들이라고 여기는 겁니까?"

"글쎄…… 사라진 지가 언젠데……."

페이퐁의 말에 우치엔도 확신이 들지 않는지 자신이 없어 하는 음성이다.

"뭐, 닌자 가문이야 많았지요."

"그야…… 역대로 이가류伊賀類, 사이카류雜賀類, 코가류甲賀類 등 셀 수 없이 많았지만, 지금까지 명맥을 이어 왔다고 는 생각지 않네. 다만 핫토리 한조를 시조로 하는 이가류라 면 가장 번창했던 도쿠가와 이에야스의 가신 가문이라 명맥 을 이어 왔을지도 모르지만……."

"그렇지만 닌자란 본래 암살 집단이 아니지 않습니까?"

닌자의 주 임무가 정보 수집 같은 첩보였기에 하는 말이었 다.

"그렇긴 하지. 첩보와 경호를 위해 키운 집단이었으니 까. 하지만 그들이 주로 사용하는 무기에 우리 아이들이 다 쳤네."

닌자의 존재를 기정사실화해야 해서 대비해야 한다는 얘 기.

"으음, 대비를 해야겠군요."

"그래서 주요 부위에 보호대를 착용시키기로 했네."

"잘하셨습니다. 놈들이 기습할 것 같습니까?"

"정말 닌자들이라면 주특기를 사용할 것은 당연하지 않나?"

"총기 사용은요?"

"어허, 여긴 홍콩이 아닌 한국이네. 총성 한 방에 온 나라가 떠들썩해지는 곳이란 말일세. 그렇게 되면 지난 세월 동안 어렵게 구축해 놓은 기반이 와르르 무너질 걸세."

"소음기를 달면 되지요."

절레절레.

"총기를 사용할 경우도 그렇지만 그 흔적만 남아도 경찰이 아니라 군대를 투입해서라도 깡그리 잡아들이는 나라가 한국이네. 야쿠자들 역시 총기를 사용하지 않는 이유가 거기에 있다네."

결국 육탄이나 냉병기로 싸워야 한다는 얘기다.

"골치 아픈 나라군요."

"아무튼 자네에게 기대하는 바가 크니 준비를 잘하게나."

"걱정하지 마십시오. 우치엔 형은 아이들에게 경계나 잘 서라고 하십시오."

"그러지."

"뭐멍, 피로할 테니 눈 좀 붙여!"

"옛, 따거!"

새벽 4시경.

마침내 김창식 요원에게서 연락이 왔다.

-담당관님, 출발했습니다.

"역시 기습입니까?"

-예, 그렇게 보입니다.

"몇 명입니까?"

-모두 열 명인데 전부 전형적인 기습에 맞춰 입은 닌자 복장입니다.

"고작 열 명이라고요?"

-예, 몸놀림이 예사롭지 않을 걸 보면 정예만 뽑은 것 같습니다.

"여긴 못해도 서른 명은 될 것 같은데요?"

-하핫, 하지만 결과는 이미 그렇게 되어 버렸는데요?

"쩝, 알았습니다. PA 요원들을 멀찍이 물리십시오. 아, 김 요원께서도 오지 마시고요."

-혼자서 가능하겠습니까?

"싸움에 직접 가담할 것도 아닌데요, 뭐."

말은 그렇게 했지만 상황에 따라 가담하게 될지도 모르겠다.

-알겠습니다.

"아, 오늘 도착한 사람이 누군지 알아냈습니까?"

—예. 닌자는 입국 명단에 다카하시 도시오 34세 교토 출신, 스즈키 히로시 28세, 돗토리 출신으로 되어 있답니다. 입국 목적은 사업차라고 하는데, 다카하시는 하네다공항에서 스즈키는 나고야공항에서 탑승했다네요.

"직위는요?"

—다카하시는 대우를 받는 걸로 보아 꽤나 신분이 높은 것 같습니다. 쥬닌급이 아닌가 여겨집니다. 그리고 뒤를 따르는 스즈키는 게닌급으로 보였습니다.

"둘 다 닌자란 말입니까?"

—두 명 모두 몸매가 호리호리한 걸 보면 야쿠자보다는 닌자에 가깝습니다. 더욱이 닌자 두 명이 담당관님에 의해 제거된 걸 보지 않았습니까?

제거가 아니라 가둬 놓은 것이었지만, 염곡동 이상민의 집에 침입해 살해하려 했던 닌자 아라키와 나루세를 말함이다.

즉, 손실된 인원을 보강했다는 뜻.

"야쿠자가 아니라 닌자가 증원군으로 왔단 말이네요."

—지금으로서는 그렇게 여겨집니다. 홍콩은 페이뚱과 뤄밍이라는 자로 흑사회 멤버입니다.

"공교롭게도 두 명씩 보강된 셈이군요."

—그렇습니다. 아무튼 조심하십시오.

"그러죠. 수고하셨습니다."

폴더를 살며시 접은 담용이 후드를 덮어쓴 뒤 두건으로 얼굴까지 가리고는 침묵에 들어갔다.

그렇게 얼마나 시간이 흘렀을까?

주택을 경비하고 있던 흑사회 멤버들이 동요하는 소리가 들려왔다.

아니, 동요가 아니라 조용하던 움직임이 더 민첩해졌다는 것이 맞다.

살짝 긴장한 담용이 투청력으로 확인해 보니 나뭇잎을 스치며 지나는 소리가 부산스러워졌음을 알 수 있었다.

'왔구나.'

그것도 한두 명이 아닌 여러 명이었다.

그런데 찰나간에 암기가 사용된 듯한 소음이 흘러나옴과 동시에 신음 소리가 이어졌다.

'암기로구나.'

닌자들이 들이닥치는 순간, 슈리켄이나 쿠나이 등의 암기부터 던진 모양이었다.

하지만 그것도 잠시 순식간에 얕은 기합 소리와 동시에 투닥댄다 싶더니 급기야 냉병기가 부딪치는 소음까지 한꺼번에 귀를 어지럽혀 왔다.

담용은 차크라의 기운을 눈에 집중시켜 안력을 돋우고는 눈을 한껏 좁혔다.

한데 검은 눈동자가 점점 작아지더니 종내에는 콩알만 해지는 것이 아닌가?

이것이 바로 그동안 투시력을 수련한 증거였다.

수련한 보람이 있었던지 시야를 드문드문 가리고 있던 나뭇가지와 나뭇잎이 투명해지면서 주택의 정경이 한눈에 들어왔다.

머리에서 발끝까지 검정 일색의 복장으로 난입한 닌자들과 각양각색의 복장을 한 흑사회 인원들이 드잡이를 하고 있는 장면이었다.

캉! 카캉! 캉캉!

"으윽!"

"퀵!"

냉병기 부딪치는 소음이 잠시 이어진다 싶더니 비명과 신음이 뒤따르기 시작했다.

'도검?'

보안등에 의해 언뜻언뜻 번뜩이는 빛은 분명히 칼이었다.

하지만 도신이 긴 일본도는 아니었다.

'와키자시로구나.'

닌자의 출현 이후, 일본인들이 주로 사용하는 냉병기에 대해 조금 공부를 해 뒀던 담용은 금세 알아보았다.

와키자시, 즉 협차脇差라고도 부르는 칼로, 일본도의 일종이다.

이를테면 태도太刀 같은 큰 칼에 곁들여 허리에 차는 작은

칼이라 할 수 있는 보조 무기였다.

그러나 주로 방어용 암기인 슈리켄과 쿠나이에 비해 와카자시는 살상력이 대단한 무기라는 점이 담용의 눈살을 찌푸리게 했다.

'닌자들이 작정을 했구나.'

엊그제의 싸움에 손해를 봤다는 뜻. 아니라면 자존심에 상처를 입었다는 얘기.

그러고 보니 팔이나 다리에 싸맨 붕대가 단순히 표식을 위한 것은 아닌 모양이다. 엊그제 당한 상처 부위인 듯했다.

하기야 검정 일색이니 굳이 표식을 할 필요가 없다.

하지만 무지막지하게 휘두르는 일본도에도 흑사회 멤버들은 그들 나름대로 방어구를 착용했는지 전혀 주눅이 들지 않고 과감히 맞서 나가는 모습이었다.

일본도를 팔로 틀어막은 뒤 쇠사슬이나 낫, 쇠망치, 철봉, 단검 심지어는 체인 양끝에 철추와 낫을 단 쇄겸까지 동원해 반격하는 흑사회 멤버들이다.

어쨌든 그야말로 치고받는 치열한 난투극이 벌어지면서 밤공기 사이로 은은한 피 냄새가 코끝을 간질거리기 시작했다.

창! 쨍! 채챙!

"으윽!"

"커억!"

시간이 갈수록 점점 더 치열해지는 난투극 속에서 무기 부딪치는 소음과 비명이 어우러져 토해지는 횟수도 잦아졌다.

그러다가 돌연 담용의 시선을 빼앗는 비명이 연거푸 터져나왔다.

"크윽!"

"커컥!"

비명이 연달아 튀어나오는 소리에 담용의 시선이 그쪽을 향했다.

"응?"

담용의 입에서 부지불식간에 음성이 튀어나온 것은 닌자들이 별안간 연이어 타격당하면서 나자빠지는 장면을 보고서였다.

'저 두 사람이 발군이군.'

유난히 돋보이는 공격력을 보이는 흑사회 멤버 둘이 담용의 눈에 확 띄었다.

'엇! 저거…….'

담용이 화들짝 놀라 몸을 들썩거렸다.

눈 깜빡할 사이에 두 명이 닌자를 나가떨어지게 하는 수법이 기이했던 때문이었다.

'자, 장풍?'

장풍이라니! 그럴 리가 없다.

무협 소설에서 작가의 설정으로나 나올 기상천외의 수법

이 현실에서 가당키나 한가?

하지만 지금 그의 시야에 사람의 손이 닿기도 전에 퍽퍽 나가떨어지는 닌자들의 행태는 뭐란 말인가?

난투극을 잠시 지켜보고 있던 페이뚱과 뤄밍이 뛰어든 결과였지만 담용은 아직 이들이 누군지 몰랐다.

뭐, 김창식 요원에게서 이름은 들었지만 그뿐, 면식도 없다.

'헐, 대단하군.'

떠오르는 것은 있다.

면장이라는 것으로 기운을 격발시켜 공간을 격해 공격하는 수법이다.

고작 30센티도 안 되는 거리를 격하는 것이라지만 이 역시 믿기 어려운 수법이긴 마찬가지.

'저 정도 실력파가 가세했다면 닌자들이 불리할 텐데…….'

총기를 사용하지 않는 한 닌자들이 흑사회를 이기기에는 무리로 보였다.

그 잠깐 사이에 벌써 절반 가까운 닌자들이 나뒹굴고 있는 상황이지 않은가?

악바리처럼 물고 늘어지지만 점점 수세에 몰리고 있음이 역력했다.

'저러면 곤란하지.'

어느 한쪽의 일방적인 패퇴는 담용이 바라는 바가 아니었다.

'이쯤에서 조율해야겠군.'

투청력을 거두고 슬슬 나서 보기로 작정한 담용이 몸을 일으켰다.

한데 움찔한 상태 그대로 딱 멈춰야 했다.

'뭐지?'

담용의 예민한 청각에 날짐승이 나는 듯한 음향이 들려오자, 재빨리 허공으로 시선을 돌렸다.

'헛! 저, 저게 뭐야?'

창공의 흐릿한 달빛 가운데 눈에 확 들어오는 거대한 박쥐.

아니, 안력을 돋운 눈에 잡힌 것은 사람이었다.

'허얼, 사람이 하늘을 날아?'

그것도 두 마리(?)다.

한데 이상한 건 사람이라면 난쟁이라고 불릴 정도로 왜소하다는 점이었다.

아니, 난쟁이에다 깡말랐다.

더 놀라운 점은 날개가 박쥐의 형상과 조금도 다를 바가 없다는 것과 그 한가운데에 비행복을 착용한 채 활시위에 화살을 걸고 수직 하강을 하고 있다는 것이다.

'허어, 저게 가능해?'

불가사의한 장면에, 담용이 보고도 믿기지 않는 장면에 넋을 놓고 박쥐 인간(?)의 동선을 따라 고개를 돌렸다.

두 박쥐 인간이 향하는 곳은 지금 절정으로 치닫고 있는 난투극 장소였다.

그때, '핑핑핑' 하는 퉁김음과 동시에 '쉭쉭' 하고 공간을 쾌속하게 가르는 파공음이 들려왔다.

때를 같이하여 '욱', '컥' 하는 억눌린 신음이 연이어 들려오면서 난투장에 이변이 일어나기 시작했다.

'탄궁이로군.'

닌자들이 암기 다음으로 애용하는 작은 활로, 암습 무기로 쓰였다.

그 결과는 금세 나타났다.

흑사회 멤버들은 느닷없는 탄궁 공격에 동료들이 픽픽 쓰러지자 공격이 주춤했다.

발군의 실격을 보이던 두 명 역시 보이지 않는 암습을 꺼리는지 몸을 은신하기에 급급했다.

그럼에도 불구하고 어디서 암기를 날리는지를 알지 못해 당황한 나머지 허둥지둥한 모습이다.

이에 다시금 용기를 낸 닌자들이 재차 공격을 시도했다.

허공을 비행하면서 연사하는 탄궁 공격은 흑사회 멤버들로서는 전혀 예기치 못했던 일이었던지 인원이 압도적으로 우세함에도 불구하고 단숨에 전세가 역전되고 말았다.

"우치엔 형, 애들 안으로 대피시켜요!"

"자넨?"

"뭐멍과…… 헛!"

텅! 터텅!

말을 하는 도중 어둠 속에서 날아드는 두 대의 화살을 연거푸 쳐 낸 페이뚱이 다급히 말을 이었다.

"뭐멍과 뒤를 맡을 테니 속히 피해요!"

"알았어. 모두 안으로 피해! 리우왕지─!"

"옛! 따거!"

"애들을 안으로 피신시켜!"

"옛! 전부 안으로…… 앗!"

철퍼덕!

수하들을 대피시키려고 잠시 한눈을 팔던 리우왕지가 어느새 날아든 화살에 가슴팍을 맞고는 앞으로 고꾸라졌다.

"리우왕지!"

비명을 지르며 엎어지는 리우왕지를 본 우치엔이 달려가 부축하는 그때, '푹' 하고 조그만 화살이 어깨에 박혔다.

"으윽! 이놈들이 비겁하게……."

"따, 따거, 저는 트, 틀려…… 빨리 안으로…….""

"시끄러!"

입을 악다문 우치엔이 리우왕지를 끌고 집 안으로 피신했다.

그렇듯 박쥐 인간 두 명이 가세한 결과, 급기야 흑사회 멤버들로 하여금 다급히 주택 안으로 뛰어들게 만들었다.

그러는 동안 피해는 기하급수적으로 늘어 주택 주변은 미처 피하지 못한 흑사회 멤버들의 신음으로 가득했다.

때를 놓칠세라 닌자들의 급습이 다시 시작됐다.

담용이 적당한 크기의 돌멩이를 손에 쥐고는 담장을 발판 삼아 주택의 지붕으로 뛰어든 것도 그때였다.

한편, 천문각 옥상에서 감시하고 있던 보면은 두 무리의 난투극을 지켜보느라 눈에서 야시경을 떼질 못하고 있었다.

아니, 오히려 자신이 난투극의 한가운데에 있는 양, 저 혼자 흥분해서 몸을 들썩거리고 있는 중이었다.

하기야 각본 없는 활극 구경을 싫어할 사람이 있을까만 보면은 임무를 망각할 정도로 지나친 면이 있었다.

"그, 그래, 거기서 한 방……. 에이, 그러니까 당하지, 벼엉신. 그래, 옳지. 넌 제대로 하네. 인마, 뒤를 봐! 에쿠, 아프겠다. 저, 저 비겁한…… 일대일, 일대일 몰라? 신사도! 으그…… 쪽수가 모자라니……."

아무래도 대면이 전혀 없는 중국인보다 일본인에게 더 친근감이 있는 보면이라 일 대 다수의 싸움에 안타까움만 더해 갔다.

그러던 중 중계방송마저 중단시키는 희귀한 장면이 보먼의 눈에 잡혔다.

"헛! 뭐, 뭐야?"

깜짝 놀란 보먼이 손이 아프도록 야시경을 꽉 쥐고는 눈을 부릅떴다.

"어, 어라? 그냥 픽픽 쓰러져?"

이상한 현상에 문득 떠오른 것은 클리프 팀장의 말이었다.

－사람이 치는 흉내만 냈는데도 풀썩 쓰러지는 일이 벌어지면 그게 포스라더군.

"포, 포스!"

두 번 세 번을 살펴봐도 분명히 그런 현상이었다.

짧지 않은 감시 끝에 찾으려던 것을 발견한 보먼이 살짝 흥분했지만 시간이 갈수록 닌자들이 밀리는 현상을 보이자, 권총을 쥐었다 놓았다를 반복하는 안타까움을 보였다.

그러나 그런 불리함도 오래가지 않았다.

갑자기 흑사회 멤버들이 픽픽 나자빠지는 일이 벌어지자, 퍼뜩 놀란 보먼이 야시경을 떼고는 허공을 올려다보았다.

"헉! 바, 박쥐?"

기상천외한 광경에 얼른 야시경을 쓰고는 살피니 인간이 매달려 화살을 발사하고 있는 것이 아닌가?

"헐! 저럴 수가!"

신비한 동양의 무술에 대해 듣긴 했지만 이토록 다양할 줄이야.

"이젠 전세가 역전됐군그래."

화살 세례에 밀린 흑사회 멤버들이 집 안으로 들어가기 위해 애쓰는 모습이 눈에 들어왔다.

치익.

'에구, 눈치도 없이.'

한참 재미있는 판에 초를 치는 레카의 무전이었다.

"왜?"

─어떻게 됐어?

"응? 뭐가?"

─누가 우세하냐고?

"막상막하야."

─포스는?

"어? 봐, 봤어."

─정말?

"응, 이따가 캠코더를 보면 확인할 수 있을 거야."

그러고 보니 옥상 난간에 고정시켜 놓은 적외선 캠코더가 빨간 점을 깜빡이고 있었다.

촬영 중이라는 뜻이다.

─자료를 확보했다면 더 있을 필요가 없잖아?

"그렇긴 한데…… 활극이 워낙 재미있어서 말이야."

─그래? 그럼 혼자 실컷 구경해, 난 철수할 테니까. 그리고 이 시간 이후로는 근무 외적인 시간인 걸 알지?

"쳇! 알았어, 철수하면 될 것 아냐?"

─보면, 너무 섭섭해하지 말라고. 숙녀가 밤을 새운다는 건 엄청난 피부 손상을 감당해야 한다는 뜻이라고. 언젠가는 나도 결혼은 해야지 않겠어?

"흐이구, 남자들을 휘어잡는 드센 여자를 누가 데려갈까? 나라면 몰라도, 호호호홋."

─호호홋, 서로를 빤하게 잘 아는 직장 동료는 사양이야. 잔말 말고 빨리 철수나 하라고.

"쩝, 알았다."

보면이 야시경을 수납하고 적외선 캠코더까지 거두며 철수하는 그 시각이다.

철수함과 동시에 마침 공교롭게도 뒤뜰의 담을 통해 지붕으로 올라선 담용이 달리는 그대로 점프하면서 허공을 향해 손을 휘둘렀다.

슈아악!

담용의 손을 떠난 돌멩이가 쾌속한 파공음을 내며 향한 곳은 허공을 배회하며 화살을 날리고 있는 박쥐 인간이었다.

차크라의 기운이 실린 돌멩이는 여지없이 박쥐 인간을 명중시켰다.

어느 부위를 맞았는지 몰라도 충격이 컸던지 '컥' 하는 신음이 또렷하게 들리는 것을 확인한 담용이 담장 위에 내려서더니 이번에는 지체 없이 유리창을 부수고 집 안으로 뛰어들었다.

와장창!

"앗! 놈들이다! 막아!"

거실 벽에 기대 부상 부위를 다스리며 쉬고 있던 흑사회 멤버들이 화들짝 놀라 담용에게 달려들었다.

하지만 담용은 고함만 질러 대며 '몸빵'을 자처하는 무기력한 이들을 단 몇 수 만에 간단히 물리치고는 잽싸게 현관으로 향했다.

때를 같이하여 현관에는 화살 세례를 피해 한꺼번에 뛰어들어 오는 흑사회 멤버들로 병목현상이 일어나고 있었다.

하지만 이들은 상대를 확인할 사이도 없이 느닷없이 내뻗는 주먹과 걷어차는 킥 공격에 의해 영문도 모른 채 들어서는 족족 비명을 지르며 나뒹굴어야 했다.

"악!"

"아아악!"

쿠당탕! 쿵탕!

그러나 비명은 요란했지만 정작 담용이 직접 타격하는 모습은 없었다.

그저 슬쩍슬쩍 치는 시늉만 낼 뿐임에도 흑사회 멤버들은 피죽도 못 먹은 것처럼 픽픽 나가자빠지는 것이다.

이는 차크라의 기운을 활성화시킨 나디를 담용이 그 짧은 시간에 주먹과 발에 응축시켜 내뻗은 결과였다.

지리산에서 캠핑카를 날려 버렸던 것이 강력한 파워에 의한 것이었다면, 지금은 세밀함이 그 요체라 할 수 있었다.

흑사회의 고유 수법인 통배권으로 기를 응축시킨 것과 유사하다고 하겠다.

"악! 놈들이 안에까지 쳐들어왔다!"

무턱대고 들어서던 사내 하나가 이를 보고는 고함을 치며 뒤로 물러났다.

'쩝, 고작 일곱밖에…….'

잠깐 사이에 담용에게 뻗은 흑사회 멤버들의 숫자였다.

흑사회의 전력을 줄이기에는 조금 아쉬운 숫자였지만 욕심대로 다 할 수는 없는 일이라 담용은 이쯤에서 물러나기로 했다.

그때 이를 알기라도 하듯 삑! 삐익! 삐이익! 하는 날카로운 신호음이 울려 퍼졌다.

'이제야 박쥐 인간을 발견했나 보군.'

주요 전력인 박쥐 인간의 추락은 전력 이탈일 수밖에 없다.

고로 닌자들로서는 엄청난 대미지여서 속히 후퇴하는 것이 이롭다.

'이 정도면 부채질을 제대로 한 건가?'

응축시킨 나디에 공격당한 사내들은 모르긴 해도 은퇴를 고려해야 할 것이다.

상처 부위는 크지 않았지만 충격이 커 쉽게 회복될 수 있는 부상이 아니었다.

이로써 흑사회로서도 박쥐 인간의 추락 못지않게 전력이 이탈된 된 셈이다.

'아깝다. 싸움이 조금 더 길었더라면 타격을 더 입힐 수 있었을 텐데…….'

담용도 신호음에 맞춰 떠나가면 흑사회 멤버들이 닌자, 아니 야쿠자로 여길 것 같아 잽싸게 들이쳤던 창문으로 몸을 날렸다.

동시에 손에 쥐고 있던 남은 돌멩이를 현관문을 막 들어서고 있는 사내에게로 날려 보냈다.

누군지는 몰랐지만 손 하나 정도는 박살 낼 셈으로 나디를 실어 던진 것이다.

쉐엑!

가벼운 손짓이었지만 파공음만큼은 무시무시했다.

결과, '떵' 하는 요상한 기음이 터져 나옴과 동시에 '크윽' 하고 억눌린 신음이 흘러나왔다.

"엇! 페이뚱, 괜찮나?"

"으윽. 괘, 괜찮습니다."

뒤를 따르던 우치엔이 손을 감싸쥔 페이뚱을 부축하며 놀라 소리쳤다.

"이런! 금세 퉁퉁 부어올랐어!"

주르르르.

강력한 기의 충돌에 돌멩이가 분말로 변해 손아귀 사이로 흘러내렸다.

"뤄멍! 놈을 쫓아!"

"옛!"

"안 돼! 위험해!"

"놈들의 전력을 알아야 합니다!"

"펑다우, 쫓아가 봐!"

"옛!"

"뤄멍! 반드시 잡아와!"

페이뚱이 거듭 외쳤지만 이미 창문을 뛰쳐나가 종적을 감춘 뤄멍의 대답은 없었다.

'하마터면 손목이 가루가 될 뻔했어.'

단 한 번의 충돌에 간담이 서늘해진 페이뚱의 손은 이제 찐빵처럼 부풀어 올랐다.

'닌자들에게도 기를 다룰 수 있는 수법이 있다니.'

정말이라면 심각한 문제라 페이뚱의 안색이 급격히 어두

워졌다.

"셴리우첸, 약품 상자를 가져와."

"넵, 따거!"

담용이 돌멩이로 페이뚱을 공격하고, 뤄멍이 담용을 쫓는 일련의 일들은 촌각도 지나지 않은 시간에 이루어진 탓에 뤄멍이 담용의 꽁무니를 추적하는 건 그리 어렵지 않았다.

'호오, 나를 잡겠다는 건가?'

담용은 금세 뒤통수의 기척을 감지했다.

나뭇가지나 잎사귀 들을 흔들지 않고 이동하기는 담용 역시 불가능했으니 흔적이 고스란히 남았다.

다만 뤄멍이 뒤떨어진 시간만큼 거리를 좁히지 못하고 있을 뿐.

담용은 일부러 자유공원 쪽으로 깊숙이 들어가며 뤄멍을 유인했다.

'어디 얼마나 강한지 시험해 보자고.'

흑사회의 기본 무공이 통배권이라는 건 알았지만 한 번쯤 고수와의 대결을 해 보고 싶었던 차라 잘됐다 싶었다.

이제 갓 새벽 4시가 넘은 시각.

그나마 사위를 비춰 주던 달빛도 뉘엿해져 여명 전의 어둠이 짙게 깔린 공원에 사람이 있을 턱이 없다.

안성맞춤이라 여긴 담용이 한미 수교 100주년 기념탑 어름에서 달리던 걸음을 멈추고 돌아섰다.

"곤나우 조다이시마스."

입에서 툭 튀어나온 말은 일본어였는데, 어려움을 자초한다는 뜻이었다.

철저히 일본인 행세를 하는데 바로 코앞까지 쫓아온 뤼멍은 말없이 소매를 떨침과 동시에 그 나름의 품새를 취하며 투지를 불태웠다.

가히 도전적인 태도가 아닐 수가 없다.

"고이."

입을 엶과 동시에 손가락을 까닥한 담용도 차크라를 운기해 가드 코트를 전신에 두르며 자세를 취했다.

언제 장풍인지 면장인지, 아니면 응축된 기가 몸에 닿을지 몰랐기에 미리 대비를 한 것이다.

스슥. 스슥. 스스스슥.

'쩝, 동작 한번 요란하군.'

담용에게 가장 싫어하는 영화 중 하나를 고르라고 한다면 다름 아닌 홍콩 영화일 것이다.

그래도 투탁거리는 권격 영화나 총격 영화는 봐줄 만하지만 온갖 무기가 동반되는 무술 영화는 질색이다.

그놈의 영화는 피아노 줄을 사 대다가 적자가 날 만큼 먼 치킨이어서다.

또 하나는, 싸우는데 뭔 준비 자세가 그리도 긴지 하나같이 똑같다.

지금 눈앞에 이놈도 마찬가지로 한참이나 춤을 추고 있어 기다려 주는 중이다.

그 모습을 보고 있자니 갑자기 007 영화의 한 장면이 떠올랐다.

제목은 잘 모르지만 주인공인 본드 앞에서 중국 무술인이 대결에 앞서 한참이나 준비운동을 하는 걸 보고 지겨웠던지 그냥 총 한 방으로 끝내는 장면이다.

관객들에게 잠시나마 웃음거리를 제공했지만 담용은 그 장면에 눈살을 찌푸리지 않을 수 없었다.

아무리 만만디가 생활화되어 있다지만 지극히 비효율적인 동작이었기 때문이다.

그렇다고 서구적 방식이 무조건 옳다는 것은 어불성설이다.

그 장면 하나가 동양인을 대하는 그들의 태도가 어떤지를 단적으로 보여 주는 것이기에 씁쓸해했던 기억이 새록새록했다.

'끝났군.'

뤄멍이 마지막으로 손을 합장하는 순간, 곧 공격이 있을 것임을 예감했다.

"타핫!"

아니나 다를까 우렁찬 기합 소리와 함께 스르르 미끄러져 온 뤄멍의 우측 다리가 쭉 뻗음과 동시에 어느새 담용의 안

면으로 독수리 부리 같은 촉수가 찔러 왔다.

'어?'

번개 같은 공격에 흠칫한 담용이 얼른 뒤로 물러섰다.

한데 거기까지가 공격 범위라고 여겼던 것이 착각이었음을 알고 계속 뻗어 오는 촉수 공격을 본능적으로 얼굴을 틀어 피했다.

팟!

강렬한 파공음이 스쳤다.

가드 코트를 펼치지 않았다면 생채기가 났을 파공음의 위력이었다.

상대방의 방심을 유도한 공격 수법.

즉, 상대가 물러선 만큼 한 번 더 힘을 짜내 타격을 입히는 수법은 바로 통배권 특유의 척추에서 발생한 힘이 발휘된 때문이었다.

1촌 길이만큼 쳐 내는 힘은 척추가 쭉 뻗는 데서 기인했다.

그야말로 척추를 통한 몸의 사용법이라 해도 과언은 아니다.

단번에 훌쩍 뛰어 뒤로 물러선 담용이 이내 앞으로 나서며 드잡이를 시작했다.

투탁. 탁탁탁. 투타타탁.

스슥. 스슥. 슥슥슥.

빠른 손놀림과 발놀림이 정신없이 교차하면서 간혹 엇갈릴 때마다 둔탁한 소리를 냈다.

파팟. 팟. 파파파팟.

두 사람의 발놀림으로 인해 먼지가 대번에 수북하게 피어
올랐다.

푸석! 파삭!

발에 걸리는 돌덩이마다 산산조각으로 변해 사방으로 흩
뿌려졌다.

그렇게 채 5분도 지나지 않은 시간, 두 사람의 격렬한 격
투는 놀랍게도 불과 서너 걸음의 간격을 유지한 상태에서 이
루어지고 있었다.

수천 번의 공격과 방어는 서로 먼저 우위를 점해 상대를
휘몰아치는 것이다.

당연히 주변은 흙먼지로 자욱해 한 치 앞도 분간하지 못할
정도로 짙어졌다.

가히 홍콩 영화에서나 볼 장면이 연출되고 있었다.

'훗, 완전히 홍콩 무협이나 다름없군.'

담용은 자신이 실제로 영화 같은 장면을 연출하고 있음에
고무됐는지 얼굴이 살짝 상기됐다.

반면에 뤄밍은 상기됐다기보다 얼굴이 벌겋게 타오르고
있는 것으로 보아, 그가 가진 무공이 절정의 끝에 다다르고
있는 모양이었다.

'대단하군.'

담용이야 투시안의 경지에 이르러 뤄밍의 빠른 공격이 전

부 슬로비디오처럼 보여 일일이 흉내를 내면서 막아 내고 있다지만, 뤄멍은 그렇지 못함에도 불구하고 결코 뒤지는 법이 없었다.

얼마나 많은 수련을 하면 이것이 가능할까?

탁! 투타탁! 투타타타탁!

그러게 시간은 흘러 연속되는 팔과 다리의 부딪침에 조금씩 휘청대는 이는 뤄멍이었다.

기를 응축시켜 갈무리한 시간이 서서히 한계를 드러내는 태가 나고 있었다.

'으윽.'

뤄멍의 꾹 다물린 입매가 비틀어졌다.

내뱉지는 않았지만 손과 발이 부딪칠 때마다 통증을 느낀 뤄멍의 얼굴이 역력하게 찌그러지고 있었다.

'여기까지가 한계로군.'

담용도 그것을 느끼고 있어 이쯤에서 그만두고 싶었다.

뤄멍과 개인적인 원한도 없을뿐더러 목적하던 부채질을 끝낸 바에야 더는 볼일이 없었다.

더구나 이제나저제나 끼어들까 호시탐탐 노리고 있는 꿩다우와 그 일행이 둘러싸고 있지 않은가?

격투가 워낙 흉험했던 탓에 선뜻 달려들지 못하고 있는 그들이다.

하기야 뒷골목 애들로서는 흉내조차 언감생심이다.

담용은 체면상 먼저 물러나지 않고 있는 뤼멍을 생각해 차크라를 배가해 손에 집중시켰다.

　순간, '떵' 하는 기음이 터져 나오면서 착 달라붙다시피 하고 있던 두 사람이 멀찌감치 떨어졌다.

　비틀비틀.

　조금 손해를 봤는지 뤼멍이 비칠거리며 물러서다가 겨우 중심을 잡았다.

　입가에 피까지 맺혀 있는 걸로 보아 내상을 입은 듯했다.

　"쉐, 쉐이?"

　"마사 아우또."

　뤼멍이 이름을 물었지만 담용은 또 보자며 등을 돌렸다.

　스윽.

　펑다우와 그 일행이 앞을 막으려 하자 뤼멍이 손을 들어 저지했다.

　그야말로 가소로운 행동.

　"그냥 가게 두시오."

　"하지만 페이뚱 님이 꼭 잡아 오라고……."

　"잡을 수 있을 것 같소?"

　"……?"

　"내가 책임지리다."

　그러는 사이 담용은 그들의 시야에서 완전히 사라졌다.

의심은 엉뚱한 곳으로

CIA코리아지부.

자신의 집무실에서 핫라인을 통해 전해 오는 대화의 내용에 그리 편치 않은 표정을 짓고 있는 애덤이다.

"이봐 게츠, 지금 3퍼센트 뒤지고 있다는데 이게 말이 돼?"

−하핫, 염려하지 않아도 되네. 우린 오히려 낙관적으로 보고 있으니 말일세.

"이제 한 달밖에 안 남은 상황인데 낙관적으로 보는 근거는 뭔가?"

−어제까지의 수치는 엘 고어의 민주당이 우세한 지역이기 때문이지. 여론조사 지역이 캘리포니아와 뉴욕에 치우쳐

있어 그런 현상이 나타난 걸세.

"흠, 물론 그 두 지역이 전통적으로 민주당이 우세한 지역이긴 해. 하지만 선거인단 수가 압도적으로 많은 지역이잖은가?

─그렇지. 캘리포니아가 55표고 뉴욕이 33표를 보유하고 있으니 자네가 불안해하는 건 이해하네. 하지만 아직 발표되지 않은 지역으로 강세를 보인 오클라호마, 테네시 등 12개 주에서 강세를 보이고 있다네. 아마 내일쯤 발표될 것이고 우리가 앞서는 것으로 나타날 테니 두고 보게.

"그렇다고 해도 국민들의 지지율에선 민주당이 강세를 보이고 있다지 않은가? 갤럽 조사의 오차가 3퍼센트 미만이라고 보면 불안감이 드는 건 어쩔 수 없어."

─하하핫, 국민들의 지지율이 문제가 아니지. 잘 알면서 그러나?

"뭐, 지지율보다 선거인단 수가 중요하긴 하지."

이건 미국 선거가 특이한 경우여서 하는 말이다. 애덤의 말이 이어졌다.

"그렇게 말하는 걸 보니 박빙으로 몰고 가려는 전략인 것 같은데…… 맞나?"

─역시 예리해. 맞네.

"쯧, 피가 마르긴 하지만 역시 기다려 보는 수밖에는 없겠군."

─아직은 시일이 많이 남았네. 진득하게 기다리게나. 그리고 피가 마르더라도 자네보다 내가 더하지 않겠나? 자네는 맡은 선거인단 수만 책임져 주면 되네.

"그야…… 아무튼 알았으니 수고하게."

─아, 잠깐!

"응? 더 할 말이 있나?"

─하나 물어보세.

"뭔가?"

─자네…… 정계에 진출할 마음이 있나?

"당연히 있지. 하지만 지금은 아니네."

─잘됐군.

"뭐가?"

─어제 수뇌 회의가 끝나고 나서 후보님께 자네를 슬쩍 거론했다네.

"뭐? 저, 정말인가?"

─이런 걸로 거짓말을 해서는 안 되지 않나?

"하긴. 그래서?"

─의논해 본 결과로는 자격이 충분했네. 다만…….

"다만?"

─아직은 시기상조라고 결론이 났지만, 차기 정부에서는 자네에게 혜택이 가게 했네.

"뭐? 그 말은…… 연임까지 노린다는 건가?"

-맞네. 우린 지금 이번 선거만이 아닌 차기 정부까지 노리는 거대한 틀을 짜고 움직이고 있다는 점을 알아야 하네.

"헐! 그 정도로 자신이 있단 말인가?"

-주먹구구식이 아니네. 모든 데이터를 감안한 결과가 그러네. 그래서 말인데…….

"……?"

-선거 자금이 필요하네.

"엉? 서, 선거 자금?"

-그러네. 자네가 미시시피의 대농장주 아들임을 알아서 하는 말일세.

'젠장 할. 조건부 기용이라는 건가?'

뭐, 처음부터 합류하지 않은 이상 빈손으로 머리를 들이밀 수 없다지만, 그 시기가 공교롭다는 것이 마음에 걸리는 애덤이다.

'쩝.'

It's all or nothing.

도 아니면 모다.

'제길.'

내키지는 않았지만 어차피 한쪽을 선택한 이상 죽으나 사나 끝까지 함께 동행해야 하는 기호지세다.

미국 선거는 합법적인 돈 선거라고 할 수 있다.

의회 선거와 대통령 선거에 무려 수조 원이라는 천문학적인 돈이 든다.

즉, 돈으로 표와 정책을 사는 것이라고 해도 과언은 아닌 것이다.

뭐, 선거 자금이 실제로 정치인의 법안 투표 행태나 정책 결정 과정에 영향을 미치는지는 명확하지 않지만, 결코 무시하지 못한다.

선거 자금이 고갈돼서 경쟁을 포기하거나 중도 탈락하는 경우가 번번이 생기는 걸 보면 돈 선거가 맞다.

"어, 얼마나?"

—중간으로 한 장이면 되네.

중간으로 한 장이면 1백만 달러다.

"그 금액이면 하드머니로는 곤란해."

—알고 있네. 당연히 소프트머니로 해야겠지.

하드머니와 소프트머니.

미국의 합법적인 정치자금 종류를 이 두 가지로 구분하고 있다.

하드머니는 개인이 어떤 특정 정치인에게 직접 주는 정치 자금으로, 액수에 제한이 있다.

개인이 후보에게 기부하는 경우 1인당 기부 한도액은 연간 2만 달러 이하다.

임의단체인 정치활동위원회(PAC)와 정당에는 5천 달러까지 낼 수 있다.

그래서 개인이 연간 기부할 수 있는 정치자금은 2만 5천 달러를 넘지 않아야 하는 것이다.

반면에 소프트머니는 기업이나 단체가 정당이나 정치 후원회 같은 조직을 통해 간접적으로 지원하는 돈을 말한다.

게츠가 애덤에게 요구하는 방식이 바로 후자였다.

"이봐 게츠, 1백만 달러면 일반 팩pac으로도 어려운 금액이야."

제한에 걸린다는 얘기.

─하하핫, 방법은 알고 있지 않나? 자네가 그 자리를 포커로 딴 것이 아니라면 말일세.

"그래, 슈퍼팩Super PAC을 이용하는 방법이 있긴 하지."

그래도 부담이 되는 건 마찬가지였다.

미국의 선거자금은 모두 공개하는 것을 전제로 하기 때문이었다.

여기서 말하는 팩이란 정치 후원회를 말한다.

또 애덤이 언급한 슈퍼팩은 초강력 정치활동위원회였다.

슈퍼팩이 일반 팩과 다른 점은 이렇다.

일반적인 팩은 특정 후보에게 직접 정치자금을 기부할 수 있지만, 기부 액수나 방법 등이 엄격하게 규제되어 있다.

반면에 슈퍼팩은 특정 후보에게 직접 정치자금을 전달하는 대신에 신문이나 TV 광고 등의 매체를 통해 간접적으로 지지할 수 있음은 물론 기부 금액의 제한도 없다.

그랬기에 게츠가 1백만 달러라는 거금을 입에 올린 것이다.

사실 슈퍼팩 제도는 공정한 선거와는 거리가 멀어 심각한 문제로 대두되고 있는 참이었다.

─애덤, 오케이?

"아, 알았네. 연구해 보지."

─시일은 10일 내외면 좋겠군.

"그 정도라면……."

애덤은 다소 빡빡하긴 했지만 불가능한 기간은 아니어서 수긍을 했다.

─좋아, 미시시피에서의 활약을 기대하겠네.

미시시피 주에서 공화당을 응원하는 소리가 들불처럼 일어나기를 기대한다는 얘기.

"알았네. 내 연락하지."

─굿.

"게츠, 수시로 연락을 해 주는 걸 잊지 마. 내가 말라죽는 꼴을 보지 않으려면 말이야."

─하핫, 그러지. 끊네.

철컥.

"젠장."

부시 후보 진영의 러닝메이트와 심도 있는 대화를 해 놓고도 여전히 불안한 마음이 가시지 않은 애덤이 답답했던지 탁자에 놓인 커피를 물 마시듯 들이켰다.

"후우, 지지율이 앞섰다고 해도 장담하지 못하는 선거 구조라 더 피를 말리는군."

그랬다.

미국의 대통령 선거는 국민들의 지지율이 압도적이라고 해도 선거인단 투표수에서 지면 당선이 되기 어려운 구조였기에 하시라도 마음을 놓을 수 없었다.

애덤으로 하여금 골머리를 싸매게 하는 이유를 들면 이렇다.

간단히 예를 들어 보면, 공화당은 A후보를, 민주당은 B후보를 내세웠고 주州는 총 네 개라고 가정해 보자.

그리고 각 주의 유권자 수를 각기 1백 명으로 보면 도합 4백 명이며, 또 선거인단 수가 다섯 명이면 합해서 스무 명이 된다.

아울러 조건 역시 유권자 전원이 투표에 참여한다고 가정하자.

A후보는 세 개 주에서 51 대 49로 이기고 나머지 1개주에서 10 대 90이라는 압도적인 수로 졌다는 결과가 나왔다고 보면……

A후보의 총득표수는 400표 중 163표를 획득한 것이 된다.

즉, 세 개 주 3백 명에게서 51퍼센트를 얻었으니 환산하면 153명, 여기에 나머지 한 개주에서 10퍼센트를 얻어 열 명이니 모두 합하면 163표가 되는 것이다.

반면에 B후보의 투표수를 환산해 보면 세 개 주 3백 명에 게서 49퍼센트의 표를 얻어 147표가 되었다.

여기에 나머지 한 개 주에서 1백 명 중 90퍼센트인 90명을 얻은 것을 합하면 총 237표를 획득한 것이 된다.

이렇듯 투표수 결과를 보면 민주당의 B후보가 공화당의 A 후보에게 승리한 결과가 된다.

하지만 세 개 주에서 승리한 A후보가 '승자독식원칙'에 따 라 선거인단 열다섯 명 전부를 확보한 것이 되어, 나머지 한 개 주에서 승리해 선거인단 다섯 명을 확보하는 데 그친 B후 보를 누르고 대통령에 당선되는 것이다.

다시 말해 A후보가 득표수가 적음에도 불구하고 승자독식 원칙에 의해 선거인단을 빼앗아 감으로써 당선이 가능해지 는 것이다.

그래서 미국 대통령 선거의 경우 전체적인 국민들의 지지 율이 높다고 하더라도 선거인단 숫자에서 지면 당선이 어려 웠다.

애덤이 예견한 작금의 상황은 엘 고어 후보의 지지율이 우 세라 선거인단에 기대를 해 보는 수밖에 없는 실정이었기에 골머리를 앓는 것이다.

선거인단은 일반인이 아닌 정당인으로 구성된다.

이유는 언제 어느 때든 변심이 없는 인물이어야 하기 때문이었다.

"으음, 미시시피가 총 일곱 명이니…… 쩝. 너무 적어."

미시시피 주 출신인 애덤이 밀 수 있는 선거인단 숫자가 전부 일곱 명이란 뜻이다.

바꿔 말하면 상원의원 두 명에 나머지 다섯 명이 하원의원이란 얘기다.

아, 미국의 상원의원은 인구 비례에 상관없이 두 명을 두게 되어 있었다.

즉, 주의 인구가 1백 명밖에 되지 않더라도 상원의원은 두 명이어야 한다는 말이다.

이런 경우 인구비례제에 의해 뽑히는 하원의원의 숫자가 상원의원보다 더 적은 달랑 한 명이다.

그래서 선거인단 숫자는 상·하원 합해서 3명이 되는 것이고, 이는 아무리 인구가 적더라도 선거인단 숫자만큼은 최하세 명이란 얘기다.

'워낙 촌구석이라 인구가 별로 없어서 그래.'

미시시피 주는 미국 남부 멕시코 만에 면해 있는 지역이라 중앙 정계에서 아웃사이더 대접을 받고 있는 곳이었다.

아열대성 기후라 농업이 주된 산업이었고, 노예제도의 후유증인지 흑인이 인구의 절반 가까이 차지하고 있었다.

산업 발전이 더디다 보니 많은 젊은이들이 도시로 빠져나가 휑해진 지역이 많았다.

애덤 역시도 고향인 주도, 잭슨 시를 그렇게 등진 젊은이들 중 하나였다.

주도인 잭슨 시 출신이었음에도 미래가 보이지 않았던 것이 그 이유였다.

잭슨 시는 미시시피 주에서도 가장 남단에 위치해 멕시코 만과 접해 있는 지역이라 어떻게 보면 아웃사이드 중에서도 아웃사이드라고 할 수 있었으니 애덤의 탈출은 이미 예견되어 있었다고 봐야 했다.

'전화라도 해 놔야겠군.'

고향 잭슨 시에는 가족들을 포함해 친지, 친구, 이웃들이 적지 않게 살고 있었고, 향후 정계에 진출할 목적으로 그동안 관리를 소홀히 하는 일은 없었다.

즉, 장래에 대한 포석이다.

고향에서는 나름대로 출세한 신분이었고, 애덤의 말이라면 신뢰하는 편이기도 했다.

그렇더라도 지역 민심은 항상 다져 놔야만 했다.

민심이란 것이 여자의 마음보다 더 변덕이 심하기에 수시로 어루만져 주지 않으면 휙 돌아서는 것은 금세이기 때문이었다.

'제길, 자리가 달랑달랑한 판국에 뭘 가리겠어?'

애덤은 과감해지기로 마음을 먹었다.

어차피 미시시피 주는 전통적으로 공화당 우세 지역이라

말하기가 편했다.

'쯧, 아버지에게 손을 벌려야겠군.'

말썽이 일지 않으려면 공직에 있는 애덤 자신보다는 지역의 유지인 부친을 통해 일을 처리하게 하는 것이 낫다.

'지금은 주무시고 계실 테고……'

이따가 전화하기로 한 애덤은 커피 생각이 났다.

'머리도 복잡한데 커피나 한잔해야겠군.'

애덤이 서랍을 열고는 까만 포장 박스를 꺼냈다.

그가 가장 아끼며 애호하는 코피루왁Kopi luwak이 든 포장 박스였다.

코피루왁은 자타가 공인하는 커피의 황제다.

그런데 아이러니하게도 사향麝香고양이의 배설물로 만든 커피임에도 가격이 엄청 비싸 애덤도 아끼고 아끼며 마시고 있는 중이었다.

로스팅에 이어 그라인딩까지 되어 있는 코피루왁을 들고 커피메이커가 있는 곳으로 걸어갈 때, 노크 소리가 들렸다.

똑똑똑.

'에이, 하필……'

"들어와."

집무실 문이 열리고 토미 외에도 두 사람이 더 따라 들어왔다.

"어, 왔나?"

"예, 다녀왔습니다."

"그랙은?"

"렌터카를 반납하러 갔습니다."

"그래, 수고했어. 셋 다 이리로 와서 앉아."

"옙."

"커피?"

"예, 한 잔 주십시오."

토미가 가장 먼저 대답하면서 기대가 어린 눈빛을 애덤에게 마구마구 쏘아 보냈다.

이유는 애덤의 손에 들린 코피루왁 포장 박스를 봤기 때문이었다.

그런 눈총을 의식하지 않을 수 없는 애덤이 속으로 욕을 해 댔다.

'빌어먹을 놈.'

그러나 기회만 되면 코피루왁을 노리는 토미임을 알기에 오늘만은 인심 쓰기로 했다.

거기에 1박 2일 동안 고생하고 온 것도 한몫했다.

토미와 그랙이 머셔와 위버를 대동하고 지리산 사고 현장을 들렀다가 차량이 내버려져 있던 의정부까지 둘러보고 왔던 것이다.

"머셔, 위버, 마시겠나?"

"예, 주십시오."

"저도요."

애덤의 물음에 먼저 대답한 이는 백인으로 칼날 같은 예리함이 느껴지는 머셔였고, 뒤이어 대답한 이는 히스패닉 계열로 보이는 갈색 피부의 위버였다.

둘 모두 스캇과 케이힐 그리고 체프먼의 일로 급파된 플루토 요원이었다.

"자, 고생하고 왔으니 한 잔씩 들지."

애덤이 애지중지하던 코피루왁을 아무렇지도 않게 권했지만 실은 속이 엄청 쓰렸다.

그런 심정을 아는지 모르는지 토미가 희희낙락 웃으며 냉큼 한 모금 들이켰다.

후릅.

"으히히힛. 지부장님, 역시 맛있네요."

"크흠."

"머셔, 위버, 빨리 마셔 보라고. 이게 그 비싸다는 코피루왁이란 커피라고."

"뭐? 정말?"

코피루왁에 대해 알고 있었던지 위버가 반색하며 손에 든 커피를 쳐다보았다.

위버와는 달리 머셔는 관심이 없는지 냉막한 표정을 유지하고 있었다.

"그렇다니까. 지부장님이 꿍쳐 놓고 마시는 커피를 마실 기회가 그리 많지 않거든. 나도 겨우 반년 만에 맛보는 거라고."

"오호! 그렇단 말이지."

후루루룩.

"이그…… 그 아까운 걸 단숨에 비우면 어떡해?"

"오우, 쌉쌀하고 뒷맛이 구수한 게 은근히 땡기는데? 이거 자주 부탁해야겠는걸."

"푸훗, 어림도 없을 거다."

"자, 자, 객쩍은 소리 말고. 토미, 건진 게 있는지 보고부터 해 봐."

"저보다는 머셔 님에게 묻는 게 더 빠를 겁니다."

토미가 호칭에 존칭을 붙인 것은 머셔가 플루토 요원 중에서도 직급이 높은 데다 이번 파견의 선임 격이었던 탓이었다.

기실 머셔는 브라보급 수준의 에스퍼였고, 위버는 찰리급이었다.

그 격차는 실로 컸지만 애덤이나 토미로서는 그 간극의 차이를 알 수 없는 일이었다.

그렇다고 해도 지부장인 애덤보다는 한참 아래였다.

"그래, 머셔, 어땠나?"

"어떤 것부터 말씀드릴까요?"

"지리산."

"거긴 누군가 고의적으로 사고를 유발시킨 것으로 보였습니다."

"뭐? 근거는?"

"첫째는 급경사가 아닌 완만한 경사라는 점, 둘째는 돌발 위험에 직면했다면 마땅히 스키드 마크가 길게 있어야 함에도 너무 미흡하다는 점입니다."

"흠. 그리고?"

"셋째는 캠핑카에 드러난 흔적입니다."

"엉? 이상한 점이라도 발견했나?"

"다른 부위에 비해 조수석이 상당히 구겨져 있더군요."

"그야…… 심하게 부딪친 때문일 수도 있지 않은가?"

"그렇지요. 하지만 부딪쳤다면 적어도 긁힌 자국은 있어야 하는데 그런 게 전혀 없다는 겁니다."

"뭐라? 긁힌 자국이 없다니? 확실한가?"

"사진을 보면 더 정확하게 아실 겁니다."

머셔가 위버에게 눈짓을 하자, 위버가 몇 장의 사진을 탁자에 올려놓았다.

사진을 주워 들고 살피던 애덤의 미간에 골이 점점 깊어졌다.

머셔의 말대로 왕창 찌그러진 부위는 있는데, 스크래치가 난 흔적은 보이지 않았다.

'헐, 이 정도의 충격이 가해졌다면 어떤 식으로든 자국이

남을 텐데……'

하다못해 도색이라도 벗겨졌을 것임에도 그조차 없다.

풍선으로 충돌하지 않은 바에야 물리적 충돌의 흔적은 있어야 했다.

'이상하군.'

애덤도 수사에 관한한 베테랑이라 새로운 단서에 자못 심각한 얼굴로 변했다.

뭔가 자신이 상상할 수도 범접할 수도 없는 미증유의 힘이 관여한 것 같은 느낌이 들어서였다.

마치 시작은 있는데 과정이 생략된 채 결과만 드러난 사건인 것만 같았다.

상상도 못 할 괴물의 출현이라면 이런 현상이 생길까 싶었다.

"머셔, 이, 이게 가능해?"

"저 같은 경우는…… 아마 가능할 것입니다."

살짝 자신 없는 말투였지만 애덤은 그러리라 짐작했다는 듯 사건의 본질에 대해 말했다.

"자네야 에스퍼니까 그렇지. 우리같이 평범한 사람으로 가능한 일이냔 말이다."

"불가능합니다."

"하면?"

"에스퍼의 짓입니다."

"뭐라? 자네들 말고도 그런 능력자가 또 있단 소린가?"

"확실히 존재합니다. 그것도 코리아에 말입니다. 물론 저 흔적이 에스퍼의 소행이라고 확실해졌을 때입니다."

"헐, 코리아에 에스퍼가 존재한다는 말은 너무 성급한 생각인 것 같군."

"그렇지 않다면 사건 자체가 성립이 안 됩니다."

"코리안 중에는 그런 능력자가 없어. 그건 내가 보증하지."

확신하듯 내뱉는 말의 근거는 코리아가 애덤의 손바닥에 있었기 때문이다.

"저는 꼭 코리안이라고 단정하지 않았습니다."

"엉? 그렇다면?"

"아마도 치나인일 가능성이 큽니다. 아니라면 잽일 수도 있고요."

"아, 아, 잽은 아니야. 코리아보다 더 가까운 맹방이라 그런 짓을 할 이유가 없어. 좁디좁은 코리아는 더더욱 그렇고."

한국에 초능력자 같은 인재가 있을 리가 없다는 말.

마치 진리처럼.

"결국 치나인이란 말씀이군요."

"가능성이 커. 아니, 확실해. 인구야 말할 것도 없는 데다 실질 면적이 우리보다 넓은 나라라 별 괴물이 다 있을 테니 말이다."

인구야 이미 잽도 안 되는 숫자였지만 국토 면적 또한 5대
호를 제외한다면 사실이 그러했다.

그러나 5대호를 포함시키면 국토의 면적의 순은 러시아,
캐나다, 미국, 중국이 된다.

"지부장님께서 그렇게 확신하는 걸 보니 뭔가 증거를 확보
한 것 같아 보입니다."

"빙고."

머셔의 말에 애덤이 엄지와 검지로 동그라미를 만들며 빙
그레 웃었다.

"어제 인천팀에서 그걸 뒷받침해 주는 증거가 나왔지."

"어? 인천팀이 한 건 했다고요?"

"그래, 네 녀석들이 탱자탱자하는 그 시간에 보면과 레카
가 밤을 새워 가며 일한 결과다."

"쳇! 저희도 고생했다고요."

"헛품을 판 것도 고생 축에 들어가냐?"

"끙."

"아무튼 캠코더에 잡힌 화면부터 보고 얘기하는 게 좋겠
군."

애덤이 캠코더를 머셔에게 건넸다.

"밤이라면 화면이 흐릴 텐데요."

"염려 마라, 적외선 장치를 이용했으니까."

"아!"

그 말에 모두의 시선이 조그만 캠코더의 화면으로 쏠렸다.

적지 않은 시간이 걸린 영상에는 애덤이나 머셔가 원하던 장면이 고스란히 잡혀 있어 모두들 크게 만족해했다.

"역시…… 저희가 주적을 치나로 여기는 원인은 그들이 연마하는 '기'라는 것 때문인데, 대하는 건 처음입니다."

"맞아. '기'라고 했어."

머셔의 정확한 용어 지적에 애덤의 생각도 번뜩이기 시작했다.

"손을 대지 않고도 상해를 할 수 있다니…… 정말 대단하군그래."

톡톡톡.

손가락으로 책상을 두드리던 애덤이 말을 이었다.

"그런데 저 정도의 위력으로 캠핑카를 날려 버릴 수 있을 것 같지는 않은데…… 어떻게 생각하나?"

"제 생각을 말하라면, 본국에는 그럴 만한 능력자가 있을 것이라는 겁니다."

"확신하나?"

"수법을 본 건 오늘 처음이지만 그들에 대해 연구하는 수업이 있어서 어느 정도 알고 있습니다."

"그래?"

대답과는 달리 애덤이 막연하다는 표정을 자아냈다.

그도 그럴 것이 범행을 저지른 치나인이 코리아에 계속 머물러 있다는 보장이 없어서였다.

화면상의 인물은 고작 상대를 해치는 수준일 뿐, 캠핑카를 날릴 정도는 아니었기 때문이다.

그렇게 되면 결국 중국행을 감행해야 한다는 결론이 나온다.

"머셔, 치나인 외에는 없나?"

"인도인을 들 수 있습니다."

"아, 아. 그래, 차크라."

"맞습니다. 차크라가 완숙의 경지에 이르게 되면 나디를 풀어낼 수 있다고 들었습니다."

"나디?"

"일종의 보이지 않는 손이라고 보면 됩니다."

"캠핑카를 짓이길 정도의 파워가 있나?"

"그렇게 알고 있습니다. 물론 나디의 파워가 강해야 가능하겠지만요. 뭐, 아직 그런 경지에 이른 수련자는 없다는 보고가 있었습니다."

"그렇다면 차크라의 수련으로는 불가능할 수 있다는 얘기로군."

"그건 아닙니다. 1백여 년 전에 두쉬얀단이라는 사람이 성자로 불렸던 적이 있는데, 그자가 나디를 풀어내는 경지에 이르러 이적을 일으킨 적이 있었다고 합니다. 물론 기록이 아닌 구전으로 전해지다 보니 신빙성이 떨어집니다."

"사실이라면 차크라도 가능할 수 있다는 얘기로군."

"뭐, 이미 과거의 인물에 지나지 않는 데다 지정학적으로 나 이해관계로 보나 인도는 제외시켜야지요."

"그렇더라도 생각할 수 있는 데까지 해 보고 결론을 도출하는 것이 기본이란 걸 명심해."

"예, 잘 알고 있습니다."

"좋아. 그 문제는 렌터카의 의문을 푼 뒤에 다시 논하도록 하지. 어땠나?"

"시간이 많이 지나서 흔적이 희미합니다."

"하면 그쪽은 포기해야 하나?"

"그렇진 않습니다. 체프먼이 마이어 그룹 회장 비서인 피트에게 보낸 이메일의 내용을 보면 스캇과 케이힐에게 모종의 의뢰를 하고 난 후에 지리산으로 여행을 간 것으로 추정을 할 수 있습니다."

"그렇지. 거기에 대해 난 동일범의 소행이 아닐까 하는 생각을 해 봤네. 머셔의 생각은 어떤가?"

"글쎄요. 자칫 잘못 판단했다가 엉뚱한 곳을 헤매며 허송세월을 할 것 같아 조심스럽습니다."

"하긴 스캇과 케이힐의 능력으로 보면 당했다고 보기엔 무리가 있지. 빨리 찾아내는 게 급선무로군."

결론이 나지 않는 건 현재 실종 상태이기에 실마리가 풀리지 않기 때문이라는 얘기.

"동일범은 아니더라도 능력자가 한 명 더 있을 것이라는 추정도 가능하지요."

"능력자가 한 명 더 있을 수 있다는 얘긴가?"

"아무래도요."

"쯧, 점점 복잡해지는군."

'이건 꼭 어떤 단체가 완벽하게 일을 처리해 놓은 꼴이란 말이야.'

코리아지부장이란 베테랑의 촉은 그랬다.

타일러부터 시작해서 체프먼과 그 일행 그리고 스캇과 케이힐에 이르기까지의 일련의 일들이 누군가에 의해 짜 맞춰진 듯한 느낌이 강하게 들었지만, 애덤으로서는 함부로 입을 떼지 못했다.

이유는 본국의 대선에 촉각이 곤두서 있는 판국에 미궁과도 같은 일을 떠맡아 세월을 허송하기 싫어서였다.

그 탓에 깊이 따지고 묻지도 않는 것이다. 그저 적당히 넘어갔으면 하는 바람이다.

토드 2가 발령됐다고는 하지만 애덤과는 한 치 건너 두 치 너머의 일일 뿐이다.

따지고 보면 자신의 업무도, 자신의 새끼가 걸린 일도 아니지 않은가?

적극적인 협조를 당부받았을 뿐이지.

'중국으로 보내야 하나? 아니, 홍콩인가?'

그러면 당분간 손을 뗄 수 있을 것이다.

마침 머져가 '기'를 언급했으니 잘됐다 싶었다.

문제는 중국이 지금 코쟁이 외국인들을 지나치게 검문하고 있다는 점이었다.

당연히 알렉스의 시신이 발견된 일로 인해서였다.

후릅.

다 식어 버린 커피를 한 모금 들이켠 애덤이 물었다.

"하면 어쩔 건가?"

"의욕을 가지고 왔는데 이렇게 되고 보니 갑자기 꽉 막힌 기분입니다."

"그럴 테지."

"본부에서는 지부장님의 명에 따라 움직이라고 했습니다."

지시를 내려 달라는 말.

이는 지난번과는 달리 국방부에서 정식으로 공문을 보내 옴으로써 CIA코리아지부가 주도하여 상호 협조하게 된 때문이다.

좀처럼 곁을 내주지 않는 플루토의 성향을 볼 때, 사안이 심각한 수준에 이르렀다고 보면 맞았다.

'골치 아프게 됐군.'

다행히 코리아에 당장 화급하게 처리할 일이 없다는 것이 위로가 됐다.

'에이, 보내 버리자.'

무턱대고 보내는 것 같지만 머셔와 위버의 능력이라면 적어도 모래사장에서 바늘을 찾는 일은 아닐 것이다.

그러나 이 자리에서 말할 수는 없다.

'흠, 일단 결과를 보고하고 다시 지시를 받아야겠군.'

"그렇다면 본부 측에 보고해서 새로운 지시가 내려올 때까지 잠시 휴식을 취하고 있도록 해."

"알겠습니다."

"그렇다고 보고도 없이 돌아다니지는 마. 놀란 가슴은 한 번이면 족하니까."

"그러죠."

"그래, 모두들 수고했어. 이제 나가 봐."

BInDER
BOOK

어제는 악연, 오늘은 인연

광진구 구의동의 성프란치스코 병원.

전직 경찰이었던 김덕기와 유상곤이 입원해 있는 병원이
다.

입원한 사유는 신림동에서 순대국밥을 먹고 나오던 중 정
체불명의 자들에게 구타를 당한 때문으로, 담용을 추적해 왔
던 것이 그 원인이었고 강남 동심회의 일원인 불곰의 부하들
이 저지른 일이었다.

내일 퇴원을 앞둔 두 사람은 환자복을 입은 채 휴게실로
나와 자판기에서 커피를 뽑아 탁자 위에 올려놓고는 말없이
바깥 풍경을 바라보고 있는 중이었다.

그런데 퇴원을 앞둔 사람치고는 두 사람의 표정이 그리 밝은 것 같지 않았다.

그러다 침묵을 깬 사람은 갑갑함을 견디지 못한 유상곤이었다.

"형님, 이제 어쩔 거유?"

"어쩌긴 뭘?"

"아후, 답답해. 그나마 남아 있던 돈마저 병원비로 다 써 버렸으니 앞으로 뭘 먹고살 거냔 말이우."

"……."

"아, 대답 좀 해 보우."

"글쎄. 나라고 뾰족한 대책이 있겠냐?"

"염병. 돈 들어갈 곳은 천진데…… 나야 그렇다고 쳐도 형님은 애들이 대학생이잖수?"

"……."

"애들 학업을 그만두게 하지 않을 거면 돈은 벌어야 할 것 아뇨?"

"벌어야지."

유상곤의 닦달에 비해 김덕기의 성의 없는 대답은 힘이 쭉 빠져 있었다.

그런 판국이니 유상곤도 덩달아 맥이 빠져 버렸다.

'제길…… 몸이라도 성해야 막노동판으로 가 보든지 하지.'

기실 워낙 모지락스럽게 린치를 당하다 보니 두 사람 다

수술을 했어도 발목이 시원찮은 상태였다.

불곰 아이들이 다리 부분을 집중적으로 구타한 결과였다.

'씨부럴.'

어쩌다 이 지경까지 왔을까?

한때는 명수사관으로 명성을 떨쳤었는데.

'뭐, 어쩔 수 없다. 목구멍이 포도청이라고 협박을 해서라
도 돈을 우려내야지 별수 있나?'

양아치 짓이지만 먹고는 살아야 할 것 아닌가?

설마 산 입에 거미줄 치겠냐고?

천만에. 목구멍에 지금 거미가 제집을 지을 판인데 나더러
어쩌라고?

상념이 많았던 유상곤이 인상을 폈다가 구기기를 반복했
다.

단단히 결심을 했는지 김덕기를 힐끗거렸다.

하지만 선뜻 입이 떨어지지 않는다.

거기에 김덕기의 무심한 패기(?)가 주저하게 만드는 점도
있었다.

이 양반이 그래도 줏대가 이만저만이 아닌 사람이라 통하
지 않을지도 몰랐다.

그 탓에 마음먹었던 바와는 달리 조심스럽게 입을 뗐다.

"저기…… 형님, 구동기 치안감이야 끈 떨어진 신세가
됐다고 해도 김성수 경무관에게 전화를 넣어 보는 것은 어

떻소?"

"응? 김 경무관?"

"뭐, 사정을 말하고 좀 도와 달라고 하면 설마 모른 체하기야 하겠소?"

"김 경무관도 잘렸어."

"에? 어, 언제요?"

"중추원 사태 직후였지 아마?"

'지랄.'

그나마 한 가닥 남아 있던 끈마저 사라지니 절로 욕설이 나오는 유상곤이다.

안 되는 놈은 뒤로 넘어져도 코가 깨진다더니 딱 그 짝이다.

하기야 구동기와 짝을 이뤘던 친일파였으니 잘리는 것이야 당연한 일이겠지만, 문제는 자신들이 기댈 곳이 없어졌다는 점이다.

'니미럴. 죽어라 죽어라 하는군.'

홧김에 강도 짓이라도 할까 하는 마음도 들었다.

그래도 명색이 전직 경찰관인데 마음뿐이지 차마 그런 짓은 못 하겠다.

"상곤아."

"왜요?"

희망이 사라지다 보니 대답이 불퉁해졌다.

"시골로 가자."

"시, 시골요?"

"그래, 가서 같이 농사나 짓자."

"헐, 농사는 아무나 짓소? 그것도 노하우가 있어야 한단 말이우."

"마! 내가 농사짓다가 서울로 올라온 처지다."

"쳇! 설사 간다고 칩시다. 농사지을 땅은요?"

"고향 괴산에 조금 남아 있어. 두 집안이 먹을 쌀은 나와."

"일없소. 갈 테면 형님이나 가쇼. 난 막노동판이라도 나갈 테니까."

스윽.

김덕기가 일어섰다.

"일단 퇴원하고 생각해 보자."

"커피는 안 마시오?"

"생각 없다."

김덕기가 휴게실 출입구로 향할 때, 종종걸음으로 다가오는 간호사가 보였다.

"두 분, 여기 계셨네요."

"아, 김 간호사, 어쩐 일이야?"

"원장님이 두 분을 찾아서요."

"응? 원장님이?"

"네."

"무슨 일로?"

"그건 저도 몰라요. 인터폰으로 연락이 왔으니까요."

"분명히 우리 두 사람이더냐?"

"네, 분명히 김덕기 씨, 유상곤 씨라고 하셨어요."

"그래? 무슨 일이지?"

고개를 갸웃한 김덕기가 병원비 때문인가 했지만 그건 아닌 것 같았다.

"알았다. 원장실이 어디지?"

"9층에 있어요."

"고마워."

"형님, 왜 보자는지 감이 안 잡히는데요?"

"가 보면 알겠지."

"젠장. 설마하니 병원비 떼먹을까 봐 부르는 건 아닐 테지."

병원 원장실.

똑똑똑.

김덕기가 노크를 하자 잠시 후 문이 열리고 나이가 지긋해 보이는 백발의 원장이 나왔다.

"두 분이 김덕기 씨와 유상곤 씹니까?"

"그렇습니다만 무슨 일로⋯⋯?"

"아, 제가 두 분께 볼일이 있어서 부른 건 아닙니다. 안으로 들어가십시오. 두 분을 기다리는 사람이 있습니다."

"아, 예."

문을 열어 주고 두 사람이 들어가는 것을 본 원장이 다른 곳으로 향했다.

일부러 자리를 비켜 주는 모양새다.

'엉?'

안으로 들어서니 새파랗게 젊은 녀석이 소파에 앉아 있다가 일어서는 모습이 눈에 들어왔다.

젊은이는 담용이었다.

"아, 두 분, 어서 오십시오."

"젊은이가 우릴 부른 거요?"

의외다 싶었던지 미간이 살짝 좁아지는 김덕기였지만 초면이어서인지 반존대로 대했다.

"그렇습니다. 일단 앉으시지요."

"⋯⋯."

두 사람이 맞은편 소파에 앉자 담용이 미소를 지으며 말했다.

"잠시 양해를 구하고 빌린 자리라 대접할 게 없네요. 이해하십시오."

"괜찮소."

김덕기와 유상곤은 담용과는 악연이라 할 수 있는 사이였지만 두 사람은 전혀 알아보지 못했다.

그도 그럴 것이 직접 대면한 바가 없었던 데다 설사 대면했더라도 담용이 변장한 모습이었을 때라 지금은 서로 낯선 사이라 할 수 있었다.

이름 역시 김복주란 작전명을 썼기에 두 사람이 알 도리가 없었다.

이를 알기에 담용이 천연덕스럽게 대하고 있는 것이다.

"우리 두 사람에게 용건이 있소?"

"예, 먼저 이걸 봐 주시겠습니까?"

담용이 자신의 신분증을 탁자에 올려놓고 앞으로 밀었다.

자신의 신분부터 밝힌 것은 대화를 보다 원활하게 나누기 위해서였다.

"……?"

무심코 건네는 신분증을 확인하던 김덕기와 유상곤의 얼굴에 변화가 일었다.

아울러 조금은 뜻밖이었던지 의혹에 찬 기색이 역력한 표정이다.

가장 먼저 눈에 띈 것은 '국정원'을 뜻하는 로고였다.

이어서 '육담용'이라는 이름 석 자가 눈에 들어왔다.

'국정원 요원이라고?'

저 젊은이가?

난데없는 일이었다.

순간적으로 잘못한 것이 있었는지 되돌아본 것은 순전히 본능이었다.

아무리 예전 같지 않다고 해도 '국정원'이라는 무게는 그리 만만하지 않았다.

"국정원에서 무슨 일로……?"

그동안 해 온 일이 떳떳치 못했기에 어쩔 수 없이 살짝 불안한 표정을 드러내는 김덕기다.

"아, 긴장할 것 없습니다. 나쁜 일로 온 것이 아니니까요."

'후우.'

그 말에 안도의 한숨이 절로 새어 나왔다.

"하면……?"

"우리 일이 다 그렇듯 두 분에 대해 조사를 좀 했습니다. 중부경찰서에서 근무를 했더군요."

"잘렸소."

지난 일을 들추자 김덕기가 시큰둥한 목소리를 냈다. 덩달아 기세가 조금 사나워졌다.

아직 성질이 죽지 않았다는 것을 내보이기 위함이니 눈초리마저 매서워졌다.

그러거나 말거나 담용은 태연하게 입을 뗐다.

"퇴직하게 된 사유도 압니다. 하지만 그 사유에 대해서는 더 거론하고 싶지는 않군요. 앞으로의 일이 더 중요하니까요."

"본론이 뭐요?"

"두 분…… "

"……?"

"퇴원하게 되면 할 일이 있습니까?"

"그건 나가 봐야 알겠소."

자존심의 발로라는 것을 알지만 모른 척하고는 또다시 두 개의 신분증을 내미는 담용이다.

"이게…… 뭐요?"

"두 분의 신분증입니다."

"……!"

신분증이란 말에 김덕기는 미간을 좁혔고, 유상곤은 퍼뜩 놀라는 눈빛이다.

두 사람의 신분증은 조재춘 과장과 의논한 결과에 따라 발급된 것이었다.

과정을 상기해 보면 이렇다.

-조 과장님, PA 요원으로 적당한 인물을 추천해 줄 수 있습니까?

-하하핫, 담당관님도 이제야 그들이 필요하다는 것을 절실히 체감했군요.

-뭐, 가끔 혼자 감당하기 어려운 일이 생겨서요.

-그건 당연한 겁니다. 어떤 인물을 원하는지요? 적어도 원하는 인물의 기준은 있어야 하지 않겠습니까?

-조금은 능글대고, 약삭빠르고, 약아빠지고, 노련하고, 박식하고, 인맥이 넓고, 정보 수집이 빠르고, 얼굴 두껍고, 여기에 센스까지 갖춘 사람이라면 더할 나위가 없겠지요.

-헐-! 저더러 완벽한 괴물을 추천해 달란 말입니까?

-하핫, 한 가지쯤 모자란 사람도 괜찮습니다.

-그게 그거네요. 실은 생각하고 있었던 사람은 있습니다. 그것도 두 사람요.

-예? 정말요?

-예, 담당관님도 잘 아는 사람들입니다.

-제가 안다고요?

-하지만 담당관님이 조금 껄끄러워할 수도 있는 인물들입니다.

-누굽니까?

-김덕기와 유상곤 씨요.

-어? 그 사람들은…….

-하지만 PA로서의 능력은 충분하다고 봅니다만…… 방금 말씀하신 조건에 거의 부합되기도 하고 말입니다.

-듣고 보니 정말 그러네요.

-담당관님으로서는 접점이 없는 관계이니 접근하기에는 어렵지 않을 겁니다. 어차피 마땅한 직업이 없어 할 일도 없

는 사람들이라 망설이지 않고 받아들일 것으로 봅니다. 더구나 PA 요원이란 게 경찰 업무와도 무관하지 않으니 안성맞춤이지요.

─그렇지만 부정에 연루되어 옷을 벗었다면서요.

─그것은 구동기 전 치안감과 김성수 전 경무관의 지시를 따랐다가 생긴 일입니다.

─두 사람이 독박을 썼다는 말입니까?

─뒤를 봐주는 조건으로 뒤집어씌운 거라고 보면 맞습니다. 뭐, 뒷돈을 받아 챙긴 것이 걸리긴 했지만요.

─계급이 깡패란 말이네요.

─하핫, 썩은 동아줄이었던 거죠.

─좋습니다. 만나 보지요. 어디로 가면 됩니까?

─지금 구의동 성프란치스코 병원에 입원해 있습니다.

─알겠습니다. 곧바로 가 보죠.

─잠깐만요.

─예?

─제 생각에는 받아들일 것이 확실하니, 아예 두 사람의 신분증을 발급받아 가는 게 좋을 것 같습니다.

─그래도 되겠습니까?

─안 될 것도 없지요. 계신 곳을 말씀해 주시면 결재를 받아 퀵으로 보내 드리지요.

─음…… 이러면 어떻겠습니까?

바인더북

-어떻게요?

-조 과장님이 프란치스코 병원에 협조를 구해 주면 어떨까 싶습니다만……

-알겠습니다. 그 문제는 제가 알아서 준비해 놓죠. 언제 가실 겁니까?

-지금 사무실에서 출발할 테니 병원에 도착할 시간을 감안하시면 될 겁니다.

-그러죠. 신분증은 병원에 퀵으로 보내 놓겠습니다.

-아, 어디서 찾죠?

-원장실로 가십시오.

-알았습니다. 감사합니다.

-별말씀을요. 아, 그리고 말입니다,

-예?

-그들이 또 온 것 같습니다.

-그들이라면…… 아, 아. 몇 명이나요?

-두 명입니다.

-어딨습니까?

-이틀 전부터 현장 두 곳을 돌다가 10시쯤 숙소로 들어갔습니다.

-다른 점은요?

-아직은요. 현재 주시만 하고 있는 중입니다.

-슬쩍 접근해 보고 싶은데, 참고할 만한 거 있죠?

-그럼요. 이메일로 보내 놓겠습니다. 하지만 서둘지는 마십시오. 이쯤 되면 그들도 촉각이 곤두서 있을 테니까요.

　-그러죠. 부탁합니다.

　-예. 수고하십시오.

　이상이 담용이 사무실을 떠나기 전에 조재춘과 나눈 대화 내용이었다.

　"PA?"

　역시나 베테랑 수사관답게 대번에 캐치하는 김덕기다. 유상곤은 생긴 대로 눈만 멀뚱멀뚱한 채 꿔다 놓은 보릿자루다.

　"아십니까?"

　"풍문으로 듣긴 했지만 처음 대하는 거요."

　"간단히 말씀드리면 국정원 에이전트를 뜻합니다. PA는 Primary Agent라고…… 보조 요원인 셈이지요."

　"으음, 우리더러 보조 요원이 되란 말이오?"

　정식 국정원 요원이 아님을 알고 하는 소리지만 내심으로는 '이게 웬 횡재냐?' 하는 심정인 김덕기다.

　암울한 시기에 한 가닥 생기를 불어넣는 소식이 아닌가?

　그러나 노련한 김덕기는 그런 내색을 보이지 않았다.

　"아, 강제성이 있는 건 아닙니다. 제가 두 분을 택했고 또 허락을 받아야 할 일이라는 거죠."

잠시 뜸을 들인 담용이 말을 이었다.

"그리고 보조 요원이라고 해서 일보에 잡히지 않는 건 아니고요. 적으나마 월급도 있습니다."

월급이란 말에 유상곤의 눈이 먼저 번뜩였다. 반면에 김덕기는 그런 것에 관심 없는 듯 표정이 없다.

"우리 두 사람을 선택한 특별한 이유라도 있소?"

"대한민국에 소재한 전 경찰서를 뒤진 결과였다고 하면 믿겠습니까?"

"……!"

시종일관 좀처럼 감정을 드러내지 않던 김덕기가 처음으로 눈에 이채를 띠었다.

듣기에 따라 최상의 칭찬이라 할 수 있는 말이어서다.

또한 만족했는지 기색도 조금 전보다 편안하게 변했다.

"대답을 하기 전에 하나 물어봐도 되겠소?"

시큰둥하던 말투도 조금은 진중해졌다.

"뭐든지요."

"국정원에서의 신분은 어떻게 되오?"

김덕기는 묻는 것과 동시에 경찰학교 동기인 친구가 떠올랐다.

경위였던 친구는 7급 특채 형식으로 국정원에 스카우트됐다는 소식이었다.

하지만 연락한 지 꽤 오래되어 지금은 어찌 됐는지 모른다.

그러나 이렇게 국정원 요원을 직접 대면하고 보니 그 친구가 갑자기 궁금해졌다.

"그건 확답을 들은 후에 대답할 문제군요."

하기야 PA 요원이란 자격을 획득하지 않는 바에야 외부인이라 신분을 밝힐 이유가 없다.

그러나 담용은 자신이 너무 젊은 탓에 의심이 들어 물어보는 것임을 모르지 않았다.

그렇더라도 말해 줄 수는 없었다. 그건 김덕기가 더 잘 알고 있는 부분이었다.

"으음, 생각할 시간을 주겠소?"

"애석하게도 그럴 시간이 없습니다."

"하면……."

"원래는 보조 요원으로서 간단한 교육을 받은 후에 지시를 받아야 하겠지만, 두 분의 경우는 그럴 필요가 없지요."

교육도 거른 채 당장 투입돼야 할 일이 있다는 뉘앙스로 들은 김덕기가 이해한다는 듯 고개를 끄덕였다.

"마음이 있다면 신분증을 수납하시고 없다면 이 자리에서 찢는 걸로 결정하지요."

담용도 생각할 시간을 주고 싶지 않아서 하는 말이었다.

검증이야 말할 필요가 없었고, 또 어디 가서 이런 베테랑들을 찾는단 말인가?

바인더북

쇠뿔도 단김에 빼랬다고 이런 경우 서두를 필요가 있었다.

"국정원에서의 신분을 물어도 되겠소?"

"허락하는 겁니까?"

툭.

김덕기가 대답 대신 유상곤을 건드렸다.

"집어넣어."

"아, 알았수."

두 사람이 신분증을 주머니에 갈무리하는 것으로 허락을 대신 했다.

"이제 말해 주시오."

어째 말투가 시시한 신분이면 실망할 것이라는 어조다.

"5급 사무관입니다."

거짓말할 이유가 없는 간단한 대답이었다.

'사무관이면 계장 직급이로군. 젊은 사람이⋯⋯.'

적어도 피라미 같은 애송이는 아니라는 얘기.

"고시 출신이오?"

"특챕니다."

물어보는 의도가 읽혔지만 담용은 태연하게 대답했다.

'특채라고?'

김덕기의 얼굴에 조금 이해가 안 간다는 표정이 잠시 엿보였다가 사라지는 것을 본 담용이 말을 이었다.

"체계를 조금 아시는 것 같아 말합니다만, 정규 직원입니다.”

“아!”

역시나 알고 있었는지 얕은 탄성을 발하는 김덕기다.

사실 특채, 공채, 정규 직원을 구분하기가 쉽지 않은 면이 있는 국정원 직급 체계였으니 그럴 만도 했다.

담용은 굳이 자신이 이들이 상상하는 이상의 직급임을 말하지는 않았다. 그럴 필요도 없었고.

함께 일하다 보면 자연적으로 알게 될 일이어서다.

툭.

김덕기가 자리에서 일어나며 또다시 유상곤을 쳤다.

“일어나.”

“예?”

“일어서라고.”

“아, 예.”

유상곤이 엉거주춤 일어설 때 김덕기가 머리를 숙이며 정식으로 인사를 했다.

이 시간부로 담용이 상관이라 정식으로 예를 취하려는 것이다.

“잘 부탁드립니다.”

말투조차 반존대에서 존칭으로 바뀌면서 정중해졌다.

“저, 저도 잘 부탁…….”

“아, 예.”

담용도 마주 일어서서는 맞절하듯 머리를 숙였다.

"저 역시 잘 부탁드리겠습니다."

"앞으로 호칭은 뭐라고 하면 됩니까?"

"담당관이라고 부르십시오."

"아, 예……. 예엣! 바, 방금 담당관이라고 하셨습니까?"

"그렇습니다만…… 뭐가 잘못됐습니까?"

"담당관이라면…… 부이사관급인데요?"

부이사관이면 각 부처의 국장이나 담당관 혹은 지방 본부
장급이라 3급 공무원에 해당하는 신분이었으니 김덕기가 놀
라는 것은 당연했다.

"맞습니다."

"그런데 왜……?"

말을 맺지는 않았지만 뒷말이 빤한 것이, 왜 5급 사무관이
라고 했느냐는 말일 것이다.

"같이 근무하다 보면 자연적으로 알게 될 것이니 너무 급
하게 알려고 하지 마십시오."

"아, 예."

곧바로 수긍한 김덕기는 자신이 너무 성급했음을 알았다.

더불어 초임이나 마찬가지인 자신들에게 한꺼번에 많은
걸 내보이지 않으려는 의도를 읽은 터였다.

'생각보다 더 대단한 인물일지도 모르겠군.'

그렇게 유추하는 근거는 바로 담당관이라는 직책에 있었

다.

공무원 사회에서 임시로 상설된 직책은 있어도 거짓으로
내세우는 직책이란 없다.

이 말은 눈앞의 어린 상관이 3급 공무원이란 얘기나 다름
없다는 뜻이다.

'헐, 저 나이에?'

공작인가 싶었더니 황새였다.

"자, 이거 받으시지요."

다시 자리에 앉자, 담용이 두툼해 보이는 봉투를 내밀었
다.

"……?"

"활동빕니다."

금액을 밝히지 않은 담용이 재차 말했다.

"참고로 월급은 회사에서……. 아, 앞으로는 회사로 호칭
하시기 바랍니다. 어쨌든 매월 1백만 원이 지급될 것이니 이
따가 계좌 번호를 알려 주십시오. 그리고 별도의 활동비는
제가 직접 챙겨 드릴 것이며, 필요할 때마다 경비를 청구해
도 됩니다."

"아, 알겠습니다."

"참, 기 소요된 비용에 대해서는 따로 보고할 필요가 없으
니 그리 아십시오."

영수증을 챙길 필요가 없다는 얘기.

담용이 이번에는 대봉투를 꺼내 내밀며 말했다.

"두 분의 첫 임무가 이 안에 들어 있으니, 보시고 행동에 들어가시면 됩니다."

"따로 분부할 일은 없는지요?"

"봉투에 다 들어 있습니다. 임무 중에 궁금한 일은 전화를 이용하면 될 겁니다."

"알겠습니다. 당장 움직여야 할 일로 생각하면 되겠지요?"

"내일 퇴원한다고 들었습니다."

"예."

"내일 하루 정도는 몸을 추스르시고 모레부터 시작하십시오. 몸을 쓰는 일은 아니니 그리 힘들지는 않을 겁니다."

"배려해 주셔서 감사합니다."

"자, 그럼. 전 이만⋯⋯."

담용이 일어서면서 손을 내밀었다.

어제의 적이 오늘의 아군이 된 세 사람이 굳게 손을 맞잡았다.

담용과 헤어진 두 사람은 자신들의 병실로 향했다.

그런데 유상곤이 성가실 정도로 김덕기의 몸 쪽으로 얼굴을 들이대며 연방 기웃거렸다.

"마! 뭘 그리 기웃대?

"아쒸, 봉투에 얼마 들었는지 궁금해서 그러쥬."

"아, 활동비라잖아?"

"그러니까 얼만지 궁금하잖수? 국정……."

"쓰읍."

"흡."

"함부로 입을 놀리지 말랬지?"

"잘못했수."

턱.

"자! 실컷 봐라."

"흐흐흣."

떠안기듯 건네는 봉투에 유상곤의 입이 귀에 걸렸다.

"어디 보자. 얼마가 들었을까나? 1백만 원은 넘겠는걸."

훅!

봉투 입구를 세차게 분 유상곤이 내용물을 꺼내다가 순간, 입이 '뜨헉' 하고 벌어졌다.

"헉! 이, 이게……."

경악한 나머지 걸음마저 멈췄던 유상곤이 이내 앞서가는 김덕기를 불렀다.

"혀, 형님!"

"인마, 조용히 해. 여기 병원이란 걸 몰라?"

"아, 알았소. 아, 아무튼 이리 좀 와 보쇼."

"어라라, 이 자식이 대체 왜 이래?"

다짜고짜 김덕기의 소매를 붙잡은 유상곤이 끌고 가더니 비상구 문을 열고는 계단 끝에 섰다.

"인마, 왜 이리 호들갑이야?"

"혀, 형님, 나 숨 넘어가것소. 이것 좀 보시우."

그러면서 봉투를 넘겼다.

"왜? 백만 원이 아니고 천만 원이라도 돼?"

"아, 보면 알 것 아뇨?"

"짜식이……."

유상곤을 흘겨본 김덕기가 봉투를 흔들었다.

역시나 김덕기도 내용물을 보는 찰나, 차가 급정거를 한 듯 움직임이 딱 멈췄다.

"거 보시우, 형님도 놀라잖소?"

"헐. 이, 이게 대체…… 얼마냐?"

"백만 원짜리 수표니께 거의 백 장은 되것구만유."

"그럼…… 1억?"

"내가 보기엔 더 될 것 같수. 함 세어 보게 이리 줘 보우."

"그, 그래."

어마어마한 금액을 대하는 순간, 어벙해지기는 김덕기도 마찬가지였던지 눈에 초점이 잡히지 않는 모습이다.

"어? 형님, 여기 쪽지가 들었수."

"……?"

유상곤에게 쪽지를 건네받은 김덕기가 얼른 펼쳐 보았다.

수신제가는 가장의 기본 도리이자 자존감이니 가족부터 살피기 바랍니다. 1억 원을 제외한 2천만 원은 활동비입니다.

"……!"

놀랍고도 가슴이 뭉클해지는 글에 순간, 숨이 턱 막히는 기분이 드는 김덕기였다.

'가장? 기본 도리? 자존감?'

그런 말만 뇌리에 뱅뱅 감돌았다.

자존심이 아니라 자존감이라고 해 준 그 마음 씀씀이까지 고마웠다.

김덕기도 자존감이 타인의 태도와는 무관하게 나 자신이 흔들리지 않고 자기를 존중하고 사랑하는 마음, 즉 '있는 그대로의 모습에 대한 긍정'을 뜻하며, 자존심은 타인이 나를 소중하게 여겨 주기를 바라는 마음, 즉 타인과의 관계 또는 '경쟁 속에서의 긍정'을 뜻하는 것임을 모르지 않았다.

한참이나 젊은 사람이 어른에게 할 소린가 싶었지만 반박할 여지가 없다.

'젠장. 궁핍한 가정사까지 조사했다는 얘기군.'

"우와아-! 혀, 형님! 이게 얼만 줄 아시우?"

흥분으로 방방 뜨는 유상곤의 말에 김덕기의 대꾸는 의외로 차분했다.

"1억 2천만 원."

"에?"

"아냐?"

"점쟁이우?"

"네 녀석도 이걸 보고 좀 느껴라."

턱.

쪽지를 유상곤에게 건넨 김덕기가 비상구를 열고 복도로 들어서면서 말을 이었다.

"1층 로비에 ATM 부스가 있더라. 갔다 와."

"아, 알았수."

BINDER
BOOK

차크라의 또 다른 효능

하늘 기둥 중턱에 구름이 감싸고도는 신비지처.

왜 이렇게 기시감이 드는지 모르겠다.

한 번쯤은 와 본 듯, 아니 오래도록 눌러앉았었던 듯한 강렬한 느낌.

떨치려야 떨칠 수 없는 숙명 같은 인연.

그렇게 온몸으로 와 닿은 장소의 초옥.

금방이라도 쓰러질 듯 사방의 비틀림이 우뚝 솟은 하늘 기둥만큼이나 위태위태해 보였다.

쪽문이 열렸다.

끼기기긱.

녹이 쓴 경첩이 내는 소리까지 선명했다.

역시나 금방이라도 초옥과 함께 쓰러질 듯한 노인의 모습.

왜소하고 쭈글쭈글한 모습과는 달리 허리가 꼿꼿했다.

눈은 청명했다. 아니, 그 어느 해저보다 깊어 보였다.

입가에 실선이 그려지더니 귀밑까지 번졌다.

세상 그 어디에서도 보기 어려운 천진난만한 미소가 거기에 있었다.

그런데 나를 보고 웃는 것 같아 물었다.

저를…… 아십니까?

끄덕끄덕.

말 한마디 없었지만 의사 전달은 분명했다.

저는 어르신을 모릅니다만…….

그저 미소만 짓는다.

오른손을 들었다.

흔들흔들.

이제 가란 소린가?

하긴 여긴 어르신의 초옥이니 이방인인 나에게 축객령을 내릴 자격이 있지.

그러나 물을 말이 있어 입을 뗐다.

누구십니까?

"……."

한참 말이 없던 노인이 나를 가리키더니 가슴에 손을 얹고는 곧 하늘을 가리켰다.

가슴에 손을 얹은 이유는 번거로운 인연은 아니라는 뜻 같다.

하늘을 가리킴은 이미 이 세상 사람이 아닌 것이고.

헤죽.

짤막한 웃음.

익살스러웠지만 갓난아이의 웃음같이 그토록 천진난만하고 해맑을 수가 없다.

한데 어느 순간, 헤죽 웃음 한 번 날린 노인이 사라랑 신기루처럼 사라져 버렸다.

"헛! 어, 어르신!"

벌떡!

꿈을 꾸며 뒤척이던 담용이 갑자기 손을 내뻗더니 이불을 걷어차며 소리를 질렀다.

"엉? 꾸, 꿈?"

너무도 선명했기에 꿈이란 생각이 들지 않았다.

그보다 비록 꿈이라고는 하지만 시간이 흐를수록 기억이 또렷해져 갔다.

"확실히 가 본 적이 있어."

바로 하늘 기둥이다.

담용이 높이 솟은 돌기둥의 형태를 보고 이름을 붙인 것이지만 분명히 본 적이 있는 곳이었다.

그것이 전생이었든 언제였든 상관없이 기억에 또렷이 각

인되어 있다는 것이 중요했다.

노인은 인도의 수도승 같은데 전혀 눈에 익지 않았다.

"으음, 수도승이라면 바바Baba일 테고 하늘을 가리켰으니 이미 마하사마디(대열반)에 들었다는 뜻인데……."

뭔가 의미가 있을 것 같은데 지금으로선 도무지 감이 잡히질 않았다.

마치 난해한 퍼즐을 앞에 둔 것처럼.

같은 꿈을 계속해서 꾸다 보니 무시하고 지나칠 수만은 없다는 생각에 꿈에서 깼을 때마다 이렇게 곰곰이 되돌아보는 것도 일상이 된 요즘이다.

'시간이?'

새벽 4시.

매일 칼같이 지켜지는 기상 시간이다.

"으차!"

단번에 자리를 박차고 일어난 담용이 서둘러 트레이닝복으로 갈아입고는 마당으로 나갔다.

컹! 컹! 컹!

새벽 운동에 나서는 담용을 가장 먼저 반기고 나선 녀석들은 꼬리가 떨어져 나갈 듯이 흔들어 대는 동구와 진순이었다.

"하핫, 이 녀석들, 잘 잤느냐?"

머리와 목덜미를 차례로 쓰다듬어 준 담용이 묶어 뒀던 고리를 풀었다.

폴짝. 폴짝.

컹컹컹.

늘씬하게 쭉 빠진 도베르만 핀셔 두 마리가 늠름하고 묵직한 경호견답지 않게 고삐 풀린 망아지처럼 날뛰며 짖어댄다.

"쉿! 조용히."

낑. 끼이잉.

단박에 앓는 소리를 내며 머리부터 땅에 처박고는 복종의 자세를 취하는 녀석들이다.

별도로 훈련을 시킨 것도 아닌데 눈치 하나는 여간내기가 아니다.

"오랜만에 같이 나가 볼까?"

목줄을 할까 말까 잠시 망설인 담용이 이내 포기하고 두 녀석을 대문 밖으로 내몰았다.

두 녀석을 믿는 마음이 크기도 했고 정 위험하다 싶으면 애니멀 커맨딩을 사용하면 된다.

두두두두두.

약속이나 한 듯 두 녀석이 쏜살같이 앞으로 뛰쳐나갔다.

'헐!'

순식간에 야음 속으로 사라져 버리는 두 녀석을 본 담용이 혀를 내두르고는 다리에 힘을 가했다.

언제나처럼 성주산 정상까지 뜀박질을 하는 것으로 시작되는 일과는 담용에게 활력소나 마찬가지라 거를 수가 없었다.

불과 해발 2백여 미터이긴 해도 새벽의 신선한 공기와 더불어 2시간 동안 운동과 차크라를 수련하는 데는 안성맞춤인 장소였다.

"후욱. 후우웁!"

숨이 턱에 받칠 때까지 쉬지 않고 전속력으로 오르는 성주산은 언제나처럼 상쾌하기 그지없었다.

컹컹컹.

정상에 먼저 오른 두 녀석이 담용더러 어서 올라오라는 듯마구 짖어 대는 것으로 재촉했다.

"하하핫, 인석들아, 알았다, 알았어. 웃차!"

마침내 정상에 오른 담용이 돌을 하나 주어 돌무더기에 보태는 것으로 오늘도 자신이 다녀간다는 의식을 치렀다.

"동구야, 진순아, 멀리 가면 안 된다."

컹. 컹.

두 녀석의 화답을 뒤로한 담용이 수련 장소로 쓰고 있는 공터에 도착했다.

"후우우웁. 후우우우우—!"

들숨은 짧았고, 날숨은 길었다.

그렇게 담용의 수련은 호흡 수련에 이어 가볍게 몸을 푸는 것으로 시작됐다.

이즈음 담용의 수련은 그 강도가 점점 더해져 가고 있었다.

이유는 미국의 초능력자들이 등장했기 때문이다.

아직 그들이 플루토 요원이란 것도 모르고 있는 상태.

그러다 보니 정보가 일천할 수밖에 없다.

국정원의 정보력으로도 어쩔 수 없는 상황이니 담용이 알 턱이 없잖은가?

하지만 명백한 점은 있다.

담용과 그들과의 격차가 상당하다는 점이 그것이다.

잠시 대해 본 바로도 그들은 차근차근 체계적으로 수련해 온 태가 역력했으니 말이다.

체계라고는 없이 주먹구구식으로 수련해 온 담용의 경지가 그들에게는 초보 수준일지도 몰랐다.

가르침을 줄 사람도 없고 동병상련 같은 동료도 없으니, 그저 열심히만 수련할 뿐이다.

이끌어 줄 선생도 없고, 함께 호흡을 맞출 동료도 없고, 평가를 해 줄 사람도 없고, 전문으로 하는 기관도 없다.

당연히 플루토 요원들보다 뒤처질 수밖에.

그러다 보니 작금에 와서는 특공무술을 연마하는 것보다 초능력의 수련에 더 시간을 할애하고 있었다.

특공무술 연마 40분, 초능력 수련 80분 이렇게 2시간이다.

물론 초능력 수련은 때와 장소를 가리지 않고 수시로 하지만, 이런 새벽에 하는 것이 집중력을 배가시키는 터라 그 어느 때보다 열심이었다.

그렇게 시간은 흘러 뛰놀다 지친 동구와 진순이 나란히 앉아서 지켜보는 가운데 담용의 아침 수련이 끝났다.

그리고 약속이나 한 듯 뒷짐을 지고 정상에 오르는 곰방대 할아버지와의 조우.

"할아버지, 나오셨어요?"

"크흐흠. 오냐, 끝났느냐?"

"예. 여기 앉으세요."

담용이 목에 두른 수건으로 정자 바닥을 쓸었다.

"아이고, 이것도 산이라고 되구나."

"연세가 있으시잖아요. 그래도 자꾸 움직이셔야 해요. 나이가 들면 들수록 몸이 굳는 속도가 빠르다고 하니까요."

"정말 그런 것 같구나. 하루라도 안 움직이면 몸이 찌뿌둥한 게 확실히 느껴지는구먼, 으갸갸갸."

"하하핫."

팔을 벌려 크게 기지개를 하는 곰방대 할아버지의 모습이 우스웠던 담용이 뒤에 꿇어앉았다.

"제가 안마를 해 드릴게요."

"안 바쁜 게냐?"

사실은 바쁘다.

오늘은 용돈(?)을 버는 날이라 김창식 요원과 손발을 맞춰야 할 일이 있었다.

그렇다고 해도 시간을 내야지.

"지압해 드릴 시간은 있어요."

"그러냐?"

곰방대 할아버지가 등허리를 꼿꼿하게 세우며 자세를 바로 했다.

"어디 우리 큰손주한테 지압 한번 받아 보자꾸나."

"넵!"

사실 차크라가 경지에 이르렀을 때, 진즉 해 드리고 싶었던 지압이었지만 차일피일 미루다 보니 여태 못 해 드렸다.

아니, 못한 것이라기보다 안 한 것이 맞다.

일시적인 컨디션 호전보다 완벽한 치유를 지향하는 담용의 안마나 지압 혹은 마사지이다 보니 임상병리적 실험이 전혀 없었다는 것이 그 이유다.

주경연 회장의 손녀 역시 그런 맥락에서 선뜻 치료해 보겠다고 나서지 못한 것이다.

'어디 보자.'

차크라를 수련하고부터 인체의 경혈과 경락에 대해 누구보다도 해박한 담용이다.

12경락에 365개의 경혈.

경락이란?

경락은 인체 내의 기혈 운행의 통로로 인체의 안팎 및 위와 아래를 연결하고 장부 기관들을 연계한다.

경혈은 신체의 표면에 있는 치료의 자극점을 말한다.

즉, 침이나 뜸, 부항 등의 치료를 위한 자극점으로서 경락상에 위치해 있는 것이다.

다시 말해 침을 놓거나 뜸을 뜨기에 알맞은 자리라는 점.

이외에도 기경팔맥이 있지만 세분해 들어가면 엄청 복잡하다.

담용은 경락을 짚기 전에 차크라를 운기해 나디부터 풀어 냈다.

수우우욱.

'헐.'

곰방대 할아버지의 몸속으로 나디가 느리나 거침없이 진입하는 느낌이었다.

그러다가 적군을 만난 듯 잠시 교전하더니 또다시 진행, 또 전쟁 또 진행, 매양 이런 식의 느낌을 주며 나디가 끝도 없이 탐험에 들어갔다.

교전은 불순물이나 병균 들을 처리하는 와중이라 미미한 진동이 이는 것이다.

'이러면 곤란한데……'

나디가 몸속의 혈관을 전부 돌아다닌다면 부지하세월이다.

잘 모르긴 해도 서울에서 일본까지 왕복하고도 남는 혈관의 길이라고 치면, 담용은 지금 주체하지 못할 짓을 자청하고 있는 셈이다.

'성급했군.'

"으허, 시원하다."

'훗, 그러시겠죠.'

담용은 나디를 거둬들여 손가락에 입혔다.

이어 경락보다는 경혈 부분을 위주로 지압을 해 나가기로 하고 먼저 척추 부분의 기립근을 주무르며 힘의 강도를 조절했다.

"아프세요?"

"아니."

조금 더 힘을 가했다.

"지금은 어떠세요?"

"이번엔 조금 뻐근하구나."

"할아버지, 그 정도의 통증은 참으셔야 해요."

"오냐, 오냐, 뻐근했던 목이 단박에 풀리는 기분이구나."

"이제 시작할게요."

꾹. 꾹. 꾹. 꾸욱. 꾹. 꾹. 꾸욱.

가볍게 척추 마디마디만큼 엄지손가락으로 눌러서 승모근 상단까지 상하 3회 정도 반복했다.

"으허, 으허, 시원하구나."

"아프진 않으세요?"

"왜 아프지 않겠냐? 하지만 조금만 참으면 박하 향을 맡은 듯이 시원해지니 그 잠시를 못 참겠느냐."

"할아버진 연세에 비해 몸이 건강하신 편이세요."

"허허헛, 그러냐?"

"보통 이 정도로 지압하면 좋지 않은 부위는 엄청 아프거든요. 참을 수 없을 정도로요."

"할애비도 가끔은 그래. 참는 것뿐이지."

"제가 조절을 하겠지만 아프면 너무 참지 마시고 말씀하세요."

"오냐."

물이 고이면 썩듯이 '기'가 멈추면 피의 흐름이 막히고 마음의 흐름도 막힌다.

그 막힌 시간이 오래될수록 해당 장부나 관절의 기능이 서서히 악화된다.

담용이 엄지손가락으로 목이 시작되는 부분을 짚음과 동시에 반대 손은 어깨를 잡고는 목 뒤 부분을 지그시 눌렀다.

"으으음."

고통이 느껴지는지 미간을 살짝 찌푸리며 신음을 흘리는 곰방대 할아버지다.

"이대로 10초 정도 있다가 두 번 더 반복해야 하니 조금만 참으세요."

누르는 압의 강도는 무게 2킬로그램 정도다.

꾸우우욱. 꾸우우욱. 꾸우욱.

세 차례에 걸쳐 지그시 눌렀다.

이어서 머리 전면을 가볍게 돌려 주며 지압으로 풀어 주었다.

"으음, 두통이 심해지는 것 같구나."

"곧 괜찮아질 거예요."

목의 통증으로 인해서 두통이 동반되는 것은 당연했다.

이때는 뒤쪽 후두골의 전체를 풀어 주면 해결된다.

"어때요?"

"허헛, 상쾌하구나."

"팔을 좀 올릴게요."

두 팔을 위로 올리고는 견갑골의 중앙 위치를 엄지손가락으로 가볍게 눌러 주었다.

바로 천정혈이다.

평소에 천정혈을 자극해 주는 것은 여러모로 좋다.

다음에는 승모근을 잡고 양쪽 손가락을 이용해 위에서 아래로 아래에서 위로 다시 반복했다.

여기까지가 목과 어깨에 두루 미치는 공통된 지압법이다.

하지만 상반신 전체가 시원함을 느낄 수 있다.

아나나 다를까, 담용의 손길이 느슨해지는 것을 느낀 곰방대 할아버지가 추임새를 넣으며 좋아라 했다.

"으허, 으허, 좋구나야."

"너무 한꺼번에 많이 하면 안 좋으니 오늘은 여기까지 하죠."

"그려, 그려. 내려가면 네 할미에게도 해 주려무나."

"어디 편찮으시대요?"

"그 나이가 되면 써먹은 값을 치르게 마련인 게지."

특별히 아픈 곳은 없다는 얘기.

"주로 어디가 아프시대요?"

"할망구의 병은 맨날 옮겨 다니는 모양이여. 오늘은 어깨가 아팠다가 내일은 팔이 저리다가 모레는 다리에 쥐가 나지."

"푸후훗, 종합병원이네요 뭐."

"허허헛, 그 말이 딱 맞다. 종합병원, 허허헛."

"그래도 특별히 자주 거론하는 부위가 있을 것 아녀요?"

"복통인지 배가 살살 아프다고 혀. 그러다가 약 먹으면 낫고."

"복통요?"

담용이 의사는 아니지만 오장육부에 대해서는 누구 못지않게 해박한 지식을 가지고 있었다. 하지만 단순히 복통이라는데야 감이 잡히지 않았다.

'자주 그런다면 병이 오래됐을 수도 있는데…….'

연세가 지긋한 어른들이라면 지병 한두 가지 정도는 달고

산다고 해도 과언은 아니어서 대수롭지 않게 여기고 지나치는 경향이 있다.

그러다 병을 키우는 것이다.

그때는 호미로 막을 것을 가래로 막아도 이미 늦는 경우가 허다하다.

안성댁 할머니가 딱 그런 경우가 아닌가 싶었다.

"알았어요. 씻고 바로 들를게요."

"식사는?"

"할아버지하고 하죠 뭐."

"그래라."

곰방대 할아버지 댁.

조반을 같이한 담용이 곰방대 할아버지 댁에 머무른 지도 어언 4시간째로 벌써 점심 식사 시간이 다 돼 간다.

그래서 김창식 요원과의 약속은 넉넉하게 아예 저녁 시간으로 잡아 놓은 터였다.

꾹. 꾹. 꾸욱. 꾹. 꾹. 꾸욱.

"오구, 오구, 시원해라. 어쩜 이리도 시원허다냐?"

"하핫, 할머니, 그렇게 좋으세요?"

웃으며 말하고 있지만 담용의 표정은 썩 좋아 보이지 않았다.

"암은, 좋다마다. 십 년 묵었던 체증도 다 내려간 것 같구나."

"할머니가 좋으시다니 저도 기분이 좋네요. 너무 무리하면 좋지 않으니 잠시 쉬었다가 해요."

"인자 그만혀도 될 것 같은디……."

"아직 하체 쪽은 하지도 않은걸요. 잠시 나갔다가 올게요."

"오냐."

안방 문을 열고 나간 담용이 화장실로 들어갔다.

실은 화장실에 볼일이 있어서가 아니라 의사인 윤상돈에게 전화를 하기 위해서였다.

-아이구, 담용 군 아닌가?

"예, 많이 바쁘시죠?"

-나야 환자를 진료하는 일 외에 또 뭐가 있겠나?

"복지관 일도 겸하고 있잖아요?"

복지관의 메디컬클리닉 책임자이기에 하는 말이다.

-그렇다고 해도 바쁘지는 않네. 그래, 무슨 바람이 분 건가, 전화를 다 주고?

"저희 할머니를 진찰 좀 해 주셨으면 하고요."

"뭐? 안성댁 아주머니 말인가?"

"예, 아무래도 장腸에 이상이 있는 것 같아서요."

바인더북

－많이 아프시다던가?

"그건 아닌데 제 느낌이 그래요."

－느낌? 어떤 느낌?

"지금 경락 마사지를 해 드리고 있는 중인데요. 아무래도 십이지장 부근이 좋지 않은 것 같아서요."

사실은 차크라의 나디를 주입했을 때 알았던 것이지만, 설명하기가 뭐해 경락 마사지라고 말한 것이다.

－그래? 알았네. 모시고 오게.

"알겠습니다."

－아, 내과는 이무영이 전문의이니 그쪽으로 모시고 오게. 내 말해 놓을 테니까.

"장비가 구비되어 있습니까?"

－당연하지. 복지관이 완공되면 들여갈 장비지만 여기서 우선 시험하고 있다네. 검사 장비는 완벽하게 갖춰져 있으니 염려하지 말고 모시고 오게.

"그러지요."

이무영 내과.

"어떤가?"

검사 결과 차트와 CD를 가지고 들어오는 굳은 표정의 이무영을 보고 곰방대 할아버지가 성급하게 물었다.

담용이 손을 잡아 곰방대 할아버지를 안정시키는 사이 말 없이 자리에 앉은 이무영이 컴퓨터에 CD를 넣고 마우스로 몇 번 클릭하면서 말했다.

"이사장님, 부인께서 자주 복통을 일으켰다고 하셨죠?"

"그, 그랬지."

"황달 증세도 있는 걸 보면 여기…… 보시죠. 이게 췌장이라는 겁니다. 부인 것이죠."

"……?"

"여기가 두부고 여기가 체부 그리고 여기 끄트머리 부분을 미부라고 합니다. 부인께서는 두부와 체부 부분에 악성종양이 존재하는 상태로…… 췌장암입니다."

"엉? 췌, 췌장암?"

"예, 여기……."

이무영이 볼펜으로 머리와 몸체 부분을 가리키며 말을 이었다.

"이 부위에 불그스름한 자국이 보이지요?"

"……?"

"이게 악성종양이고 현재 계속 자라고 있는 중입니다. 다행히 MRI로 조영해 본 결과는 다른 곳에 전이된 상태는 아닙니다만……."

말을 더 들어 보지 않아도 이 정도로도 안심할 수 있는 단계가 아님을 알고도 남는다.

"며, 몇 긴가?"

"3기에는 못 미치는 같고…… 2.5기 정도라고 보면 되겠습니다."

"치료는 할 수 있고?"

"췌장암이 원래 다른 장기와는 달리 예후가 매우 나쁜 암입니다. 암이 진행될 때까지 자각증상도 없고요."

"……?"

"학계에 따르면 5년 생존율이 5퍼센트 이하로 극악한 암이라 할 수 있습니다. 다행인 점은 이제 2.5기 정도 진행된 상태라……."

"겨, 결국……."

말을 맺지 못하는 이무영의 말에 목소리가 살짝 떨려 나오는 곰방대 할아버지다.

손을 가늘게 떨기 시작하는 곰방대 할아버지의 손을 담용이 더 힘껏 잡아 주었다.

"췌장암은 초기 진단이 매우 어려운 질환입니다. 그 이유는 대부분 암이 진행된 후에 발견되기 때문이지요. 만약 이대로 계속 진행됐더라면 앞으로 길어야 2년 정도였을 겁니다. 그것도 길게 잡아서……."

"……!"

2년이란 말에 안색이 확 변한 곰방대 할아버지가 담용을 쳐다보았다.

마치 네 덕분에 일찍 발견해서 다행이라는 듯 표정에는 안도와 불안감이 뒤섞여 있었다.

"수술 절제가 가능할지는 조직검사를 해 봐야 확실히 알겠습니다. 다만 MRI에 드러나지 않는 미세 전이가 있을 경우에는 수술이 어려울지도 모르겠습니다."

"항암제 치료나 방사선치료를 해도 말인가?"

"그건 기본으로 하는 치료이니 당연한 절차지요. 췌장암이 어려운 이유 중 하나는 간단한 시술이 불가능하다는 점이지요. 장기가 워낙 깊숙한 곳에 있어서 내장을 다 들어내서 수술해야 한다는 겁니다."

"당장 입원시키겠네. 그런데 여기서 가능한가? 아니, 자네가 수술할 수 있는가?"

큰 병원으로 가야 하지 않느냐는 말.

"하핫, 제가 전문의이고 장비가 다 있는데 다른 병원으로 갈 필요는 없을 것 같습니다. 게다가 동료 의사들도 도와줄 테니 수술을 하게 된다면 큰 어려움은 없을 겁니다."

"알았네."

수술을 기정사실로 받아들인 곰방대 할아버지의 대답 끝에 담용이 나섰다.

"이 선생님."

"말하게."

"일단 오늘은 돌아가고 모레쯤 다시 와서 검사를 한 번 더 부탁해도 되겠습니까?"

담용의 물음에 이무영이 곰방대 할아버지를 일별하고는 고개를 끄덕였다.

"그건 좋을 대로 하게."

"수고하셨습니다. 할아버지, 오늘은 집으로 가는 게 좋겠습니다."

"그, 그려."

대답은 했지만 한동안 자리에서 일어나지 못하는 곰방대 할아버지다.

잠시 멍하니 있던 곰방대 할아버지가 담용의 손을 잡고 일어섰다.

"할아버지, 힘내세요, 할머니께서 눈치채실까 걱정돼요."

"오냐, 그 정도 눈치는 있으니 염려 마라."

"힘드시면 휴게실에서 잠시 앉았다가 가시지요."

"아무래도 그래야겠구나. 근데 하루라도 빨리 입원시켜야 하지 않겠느냐?"

"그게……."

"왜 그러는 게냐?"

"일단 여기 좀 앉으세요."

담용이 휴게실에 마련된 의자에 곰방대 할아버지를 앉히고 가만히 눈을 응시하며 말했다.

"할아버지, 함부로 나서서 죄송해요."

"어허, 아니다. 그러잖아도 집에 데리고 가려고 했다. 입원을 하더라도 준비를 해 와야 할 게 아니냐."

"할아버지."

"오냐, 할 말이 있음 하거라."

"절…… 믿으시지요?"

"허, 뭔 말을 하려고 그런 말을 하는 게야? 할애비가 장손수를 못 믿으면 누굴 믿어?"

"정말이죠?"

"암은, 참이지 거짓부렁일까?"

"그럼 한 가지만 물을게요. 아침에 제 지압이 어떠셨어요?"

"뜬금없이……."

"말해 보세요."

"거 뭐…… 시원하더구나. 그 지압 덕분인지 어제보다 몸이 가뿐하기도 허고. 할멈 일만 아니면……."

"그걸 할머니께 한번 시도해 보려고요."

"아침에 해 주지 않았더냐?"

"그 덕분에 병명을 알아냈다는 것도 아시지요?"

"아참, 너는 그걸 어찌 알았던 게야?"

"제가 아침마다 성주산에 좌선하는 걸 보셨지요?"

"그려, 매일 아침 거르지 않고 하는 명상수련을 모를 리가 있나?"

"명상수련을 오래도록 하다 보니 사람마다 특유의 색깔을 지니고 있다는 것을 알게 되더군요. 그래서 '아, 이 사람은 몸 어디가 좋지 않구나.' 하는 걸 조금 알겠더라고요. 그 덕분에 할아버지께 지압해 드릴 때 좋지 않은 부위를 만져 몸을 가뿐하게 만들 수 있었지요."

"그, 그랬더냐?"

"예. 그래서 집에 돌아가면 할머니의 췌장 부위를 집중적으로 만져 드리려고요. 물론 할아버지께서 허락하셔야 되지만요."

병명을 몰랐을 때야 따로 허락이 필요치 않았지만, 지금은 보호자라고 할 수 있는 곰방대 할아버지의 허락이 절대적으로 필요했기에 하는 말이었다.

"흠, 그러다가 더 심해지면 어쩌누?"

당연한 우려다.

"할아버지, 췌장암에 대해 조금은 아시지요?"

"그야……."

모르지 않는다는 뜻.

하기야 고희를 넘긴 연륜에 췌장암에 대해 듣지 못했을 리가 없다.

그것이 올바르든 그르든 상관없이 위험한 병이라는 것쯤은 상식이었다.

아울러 곰방대 할아버지가 아무리 믿고 맡길 수 있는 담용일지라도 아내의 생사를 앞에 두고 증빙되지 않은 지압이나 마사지 같은 것으로 환부를 함부로 건드리는 것에 선뜻 응할 순 없는 일이었다.

잠시 몸 상태를 좋게 하는 것과 생사가 달린 중병은 그 격이 달라서이기도 했다.

이런 연유로 담용도 몰래 하기보다 허락을 득하려는 것이다.

"저는요."

"⋯⋯?"

"할머니께서 당장 내일 잘못되시더라도 오늘 하루만큼은 아프지 않고 편안하게 살 수 있었으면 좋겠어요."

"끄응."

"이 선생이 말은 하지 않았지만, 췌장암은 엄청 고통스럽다고 해요. 할아버지도 그건 싫죠?"

"⋯⋯."

담용은 더 이상 채근하지 않고 잠자코 기다렸다.

나름대로 고심을 하던 곰방대 할아버지가 입을 열었다.

"정말⋯⋯ 아프지 않게 할 수 있는 게냐?"

"고통이 100이라면 50 정도만 아프게 하는 거라면요."

"절반이라도⋯⋯ 그게 어디냐?"

"허락하시는 거예요?"

"해 보자꾸나. 적어도 나처럼 가뿐할 수 있을 정도라면 마다할 일이 아니지."

"혹시 알아요, 좋아질지도요."

"헐."

"제가 오늘과 내일 열심히 지압하고 마사지해 드릴게요."

"오냐."

"할아버지, 한 가지만 약속해 주세요."

"응? 약속이라니?"

"만약에요. 모레 검사 때 할머니께서 상태가 좋아졌다는 결과가 나오면 비밀로 해 달라고요."

"푸헐, 좋아지기만 한다면야. 비밀의 할애비가 와도 지켜 주마."

"약속했어요."

"원, 녀석도."

"이제 가요."

"오냐."

BIIDER
BOOK

담용, 마스터에 들다

'후우-! 침착하자.'

심호흡을 한 담용이 침상에 가만히 엎드려 있는 안성댁을 쳐다보았다.

담용이 공부한 적이 없는 점혈법인 수혈을 짚거나 한 것은 아니다.

다름 아닌 멜라토닌을 생성시킨 때문이다.

멜라토닌은 뇌의 중간 밑의 콩알만 한 송과선에서 만들어 지는데 담용이 그것을 나디로 활성화시켜 인체 시계에 맞춰 잠이 오게 한 것으로, 일부러 깨우지 않는 한 하루 동안은 수면을 취할 것이다.

스윽. 슥.

단전 부위에 왼 손바닥을 갖다 대고 오른 손바닥은 췌장 부위에 올려놓고 조용히 눈을 감았다.

임상병리적 실험이 전혀 없었던 나디의 운용이었지만 담용의 자신이 있었다.

하지만 미세한 기의 운용은 무척이나 힘들고 어렵기에 주의력을 극한까지 끌어올려야 하는 집중력을 요구했다.

더구나 자신의 몸도 아닌 타인의 몸속에서 운용하는 것이라면 더욱 그렇다.

스멀, 수우. 스멀, 수우우.

단전에서 출발해 기혈의 통로를 따라 뱀이 기어가는 것처럼 앞으로 나아갔다.

더듬더듬. 주춤주춤.

가만히 나아가던 나디가 자주 멈칫멈칫했다.

'노폐물……'

멈칫거리는 것은 몸속의 좋지 않은 불순물을 제거하기 위해 잠시 시간을 지체하는 것이다.

나디의 기세가 사납지 않고 온유하기 때문이기도 했다.

사납게 할 수도 없는 것이 황혼에 접어든 나이기 때문이다.

연륜만큼 쌓인 노폐물이 적지 않았던지 나디의 전진은 나무늘보보다도 더 느리게 진행됐다.

담용은 나디가 배꼽 위쪽의 중완혈에 다다랐을 즈음 오른 손에도 차크라를 일으켜 췌장과 췌장을 감싸고 있는 주변 장기 또한 온통 나디로 감쌌다.

의사가 아닌 담용이 오장육부의 위치를 정확하게 알고 나디를 능란하게 운용할 수는 없는 일.

고로 왼 손바닥에서 출발한 나디가 같은 성질을 지닌 나디를 찾아갈 수 있도록 목적지의 좌표를 그런 식으로 표시해 놓는 것이다.

아울러 악성종양과 싸우고 있는 세포들에게 영양을 주입하듯 강성하게 하여 반발하지 못하도록 만들었다.

즉, 오른 손바닥의 나디가 포위망을 구축해 놓은 것이라면 왼 손바닥에서 출발한 나디는 구출 작전의 핵심인 일종의 특공대인 셈이다.

차크라의 역할은 이뿐만이 아니다.

담용은 알지 못하고 있지만 인간에게 있어 가장 중요하다고 할 수 있는 호르몬의 재생성도 돕고 있었다.

의미인즉 단전에서 출발한 나디가 70 고령에 접어든 안성댁에게서 이제는 거의 반응이 사라졌거나 희미해져 가던 호르몬을 일깨우며 나아간다는 점이다.

이를테면 엔돌핀과 도파민, 세로토닌 심지어는 평생에 있어 몇 번 생성될까 싶은 다이돌핀까지 일깨워 안성댁의 심신을 극대화시키고 있다는 것.

이들 호르몬은 몸의 면역 체계에 강렬하고도 확고한 긍정적 작용을 일으켜 암세포를 공격한다.

어쩌면 이 점이 바로 차크라의 순기능적인 정화가 아닌가 싶지만, 담용은 아직 정확한 실체를 파악하지 못하고 있었다.

간단히 말해 차크라는 인체의 신비를 일깨우는 촉매 역할을 한다고 할 수 있었다.

이른바 호르몬 매직이라고 하는 것이다.

느릿느릿.

나디는 급할 게 하나도 없다는 듯 마치 비루먹은 나귀를 탄 선비가 산천 경계를 구경하듯 더디게 나아가고 있었다.

이런 식으로 가다가는 이틀도 더 걸릴 것 같은 기분이었다.

'기다리면서 초조해하실 할아버지께 말씀드려 놓길 잘했군.'

─할아버지, 언제 끝날지 저도 알 수 없으니 볼일 보실 게 있으면 보셔도 돼요.

─아니다. 할애비는 신경 쓰지 말고 네 하고 싶은 대로 하거라.

─하루 꼬박 걸릴지도 몰라요.

─괜찮대두 그러는구나. 글고 내가 곁에 있어야 네가 필요한 게 있으면 그때그때 챙겨 주지 않겠느냐?

바인더북

-저야 좋지만…… 아무튼 제가 깨어날 때까지 저를 건드
리면 안 돼요. 절대로요.

-오냐, 이 할애비가 문을 꼭꼭 걸어 잠그고 지키고 있으
마.

시간이 꽤 걸릴 것 같아 김창식 요원에게도 연락을 해 뒀
다.

-아무래도 오늘 내일은 시간을 내기가 어렵겠습니다.

-급한 일이 생긴 모양이군요.

-예, 할머니께서 위독하셔서요.

-헛! 마, 많이 위독합니까?

-췌장암이시라네요.

-헛!

-너무 걱정 마십시오. 근데 백성열은 지금 뭐 하고 있습
니까?

-그 자식은 돈으로 뽕을 빼고 있는 중입니다.

-뽕이라뇨? 설마? 마약?

-마약도 예외는 아니겠지만, 한마디로 돈지랄을 하고 다
닌다는 겁니다.

-공적 자금으로요?

-윗선의 지시도 없는데 제깟 놈이 공적 자금을 쓸 수 있

겠습니까? 놈이 회사 문을 닫으면서 미리 챙겨 놓은 돈이겠지요.

─참, 백광INC 직원들은 어떻게 됐습니까?

─그야말로 황당하죠. 회사가 공적 자금을 받게 됐다며 좋아하다가 갑자기 폐업 신고를 해 놓고 닫아 버렸으니……. 갈 곳이 없어진 직원들은 지금 회사 빌딩 지하 커피숍에 죄다 모여서 대책을 논의하고 있는 중입니다.

─대책이라면?

─그게 좀 우스워요.

─예?

─백성열이 직원들에게 노동청에다 진정하기라도 하면 밀린 월급이고 뭐고 아무것도 받을 생각을 하지 말라고 으름장을 놨답니다.

─에? 퇴직금도요?

─예.

─하, 이 나쁜 자식.

─그래서 두 패로 나뉘어 갑론을박하고 있는 중입니다.

─보나 마나 신고하자는 패와 말자는 패겠지요.

─그렇죠.

─참, 엿 같은 놈이군요. 약자의 약점까지 철저히 이용해 시간을 끌다니…….

─맞습니다. 그 틈을 타서 공적 자금을 처리하려는 거지

바인더북

요. 혼을 좀 내 놔야겠습니다. 이 어려운 시기에 직원들은 혹시라도 밀린 월급을 받을 수 있을까 하고 나왔는데, 제 놈은 지금 재벌 2세, 아니지 재벌까지는 못 돼도 준재벌쯤 되는 2세들과 온갖 지랄을 다 하고 있습니다. 지금도 이놈이 제 눈앞에서 서빙하는 여직원의 치마 속으로 손을 넣고 있는 중인걸요.

-직업……여성입니까?

-아닙니다. 지금 비명을 지르는 게 들리시지요?

-아, 예.

-저렇게 당하고도 오히려 직장을 잃는 사람은 서빙하던 여성이 되지요. 저 자식이 이곳 레스토랑의 큰 고객이라 직원 한 명 자르는 건 일도 아니거든요.

-입에 올릴 가치도 없는 개자식이군요. 거기 있는 애들 명단을 전부 작성해 놓으십시오. 어떤 놈들인지 상판대기라도 봐야겠습니다.

-알겠습니다.

-그리고 레스토랑도 좀 손봐야겠네요.

-하핫, 우리가 하기는 어려운 일이겠지만 담당관님이야 마음만 먹으면 뭘 못하겠습니까?

-윗선이 누군지 밝혀졌습니까?

-그건 백성열만이 알고 있을 겁니다.

-역시 조져야 모든 게 밝혀진단 말이군요.

―이거…… 앞으로 재미있어지겠는데요?

―참, 백성열의 자금 현황은요?

―그 자식 계좌는 물론 그놈의 재산 현황과 배우자와 친인척 계좌도 전부 조사해 놨습니다.

―잘하셨습니다. 잠시 더 즐겁도록 놔두세요. 놈을 잡고 토해 내게 할 방안은 제게 있으니, 김 요원님은 효과적으로 처리할 방법을 강구해 주십시오. 금액이 적지 않을 것 같으니 조 과장님과 의논해 보는 것도 괜찮겠네요.

―알겠습니다.

이렇듯 김창식 요원의 말처럼 재미있는 일을 코앞에 두고 안성댁의 병환으로 인해 담용은 꿈쩍도 하지 못하고 있었다.

그가 할 일은 미동도 없이 가부좌를 틀고 앉아 오로지 차크라를 끊임없이 운기해 그 기운을 나디에 실어 보내는 것이 전부였다.

물론 나디를 운용하는 일 역시 그의 몫이었지만 단전에서 출발한 나디가 췌장 부위를 감싸고 있는 나디를 감지하고 나아가는 것은 일종의 '오토매틱'이나 다름없어 크게 마음 쓸 일은 없었다.

있다면 담용 자신과의 싸움이었다.

하지만 이게 결코 쉬운 일이 아닌 것이 미동도 없이 차크라를 운기한 채 오랜 시간을 견뎌 내야 하기 때문이다.

뭐, 미리 대비는 했지만 아직까지 단 한 번도 하루 종일 차크라를 운기해 본 적이 없다는 것이 마음 한구석을 불안케 하기는 했다.

그렇게 시나브로 벌써 자정이 지나고 있었다.

벌써 차크라를 운기해 나디를 운용한 지 어느새 11시간째였다.

어쨌거나 움직임이라곤 없는 정적인 시간들이 계속 이어지던 어느 순간.

'으음.'

담용은 자신의 의식 세계가 별안간 까무룩해지는 것을 느꼈다.

'이크.'

정신을 놓아서는 안 되었기에 퍼뜩 정신을 차렸다.

한데 갑자기 뇌가 '꿈틀'하는 기분이었다.

'응?'

찰나의 반응과 동시에 티끌 같은 잡념마저 사라지면서 의식의 세계가 무색으로 화하기 시작했다.

10퍼센트, 15퍼센트, 20퍼센트, 30퍼센트, 50퍼센트, 80퍼센트…….

무색이 의식을 채워 가는 속도가 갈수록 빨라졌다.

마치 거대한 암흑이 빛을 빠르게 침식해 들어가듯이 말이다.

당황한 담용이 의식이 완전히 지워지기 전에 재빨리 기억을 더듬어 보았다.

'이건…….'

데자뷰처럼 떠오르는 어느 책자의 내용은 렙틸리언 브레인이었다.

'파충류 뇌'라고 하는 렙틸리언 브레인.

바로 염念이 생겨나기 전인 원초元初의 상태다.

85퍼센트, 90퍼센트, 95퍼센트…….

그 끝에 다다라 지쳤는지 의식이 지워지는 속도가 조금 느려졌다.

그때다 싶은 담용의 기억 속도도 빨라졌다.

뇌의 진화 과정상 가장 기초가 되는 부위, 즉 본능이자 무의식의 영역.

'아!'

내심으로 얕은 탄성을 발했을 때, 담용은 사고도 의식도 없는 무의 상태에 들고 말았다.

안성댁의 몸에는 이상이 없는데 오히려 담용의 뇌에서 이상 현상이 발생해 버린 것이다.

이는 다름이 아니다.

육체의 파동과 영혼의 파동 사이의 갭Gap이 사라져 생기는 현상이었다.

고등동물인 인간이 하등동물인 파충류의 뇌로 화했다면

영육 간의 간극과 영역이 사라졌음을 의미하는 것.

즉, 뇌가 렙틸리언 브레인화함으로써 그동안 프로그래밍에 의해 무조건적으로 생각하고 반응하던 전기신호의 공식에서 해방됐음을 뜻했다.

다시 말하면 무의식을 의식으로 열게 되어 그 어떤 유혹이나 미혹에서도 해방되어 자아를 관觀하는 경지에 든 것이라 할 수 있었다.

평소라면 담용으로서는 죽었다가 깨어나더라도 이룰 수 없었을 경지에 입문했다고 해도 과언은 아니었다.

그야말로 느닷없이 찾아온 기연, 아니 깨달음이 아닐 수 없다.

이 경지에 이르렀다면 이미 프로그래밍되었던 감각과 기억을 넘어섰다고 할 수 있었다.

그 공능이 어디까지인지는 아무도 모른다.

그 누구도 닿아 본 적이 없는 전인미답의 경지여서다.

다만 막연하게 불에 뛰어들어도 몸이 불에 타지 않는 기적이 벌어지지 않을까 하는, 생각이 들 뿐이었다.

이후, 그 상태로 담용은 이틀을 더 죽은 자의 그것처럼 석상이 됐다.

이에 좌불안석이 된 사람은 곰방대 할아버지였다.

혹시라도 잘못될까 싶어 방문을 열기는커녕 기척도 내지 못하고 있는 곰방대 할아버지 역시 기다리는 시간만큼 지쳐 있었다.

당최 어떤 상황인지라도 알아야 궁금증이 풀릴 텐데, 그러지 못하니 방문 앞에서 뱅뱅 돌며 초조해할 뿐이다.

그런 곰방대 할아버지 앞으로 혜린이 얼굴을 내밀어 벙어리처럼 입만 벙긋댔다.

'할아버지.'

'왜?'

'식사요.'

'끙.'

벽시계를 바라보니 다시 이틀 전의 바로 이 시각이다.

오후 3시.

꼬박 이틀이 지난 셈이었다.

'그래, 먹어야지. 나라도 정신을 차리고 있어야……'

그렇게 내심 다짐하면서 애써 위안거리로 삼는 한편으로 난치병인 췌장암을 낫게 하는 데 이틀이 대수이겠냐는 생각도 들었다.

'암은, 할망구가 나을 수만 있다면 열흘이라도 기다려야지.'

그나저나 배가 고플까 봐 걱정이 되긴 했다.

물도 먹지 않은 상태에서 이틀이라니.

할망구야 잠에 취한 탓에 걱정이 덜했지만 연 이틀 지압을 해 대는 담용이 걱정되는 곰방대 할아버지다.

바인더북

그렇게 노심초사하는 곰방대 할아버지가 안방이 잘 보이는 자리에 앉아 혜린이 차려 주는 늦은 점심을 먹고 있을 때였다.

딸깍.

문고리가 열리는 소리가 천둥처럼 들려오자, 곰방대 할아버지가 저도 모르게 입으로 가져가던 숟가락을 놓치고는 벌떡 일어섰다.

"다, 담용아!"

"옵빠—!"

"쉬잇!"

두 조손이 동시에 소리를 지르자, 담용이 얼른 검지를 입에 갖다 대고는 살금살금 걸어왔다.

"어, 어떠냐?"

씨익.

입꼬리가 귀밑까지 번지도록 미소를 지어 보인 담용이 말했다.

"할아버지, 치료는 잘된 것 같아요."

"저, 정말이더냐?"

"그럼요. 감이 좋아요."

"하, 하면…… 암세포가 없어졌단 말이냐?"

"아마도요."

"……!"

담용이 아무렇지도 않게 그럴 것이라고 하며 물을 음미하듯 조금씩 들이켜는 것을 보고 있는 곰방대 할아버지의 눈에 놀란 빛이 가득했다.

　그러거나 말거나 담용은 무지하게 허기가 졌다.

　"에고, 배고파라. 혜린아, 나 밥 좀 다오."

　"아, 알았어요."

　이미 차려 놓은 밥상에 혜린이 밥을 퍼 오자, 담용은 허겁지겁 퍼먹으려다가 멈칫하더니 이내 천천히 꼭꼭 씹으며 무려 1시간에 걸쳐 식사를 했다.

　탁.

　"우아, 잘 먹었다."

　"애걔! 겨우 반 공기예요?"

　"시장하다고 한꺼번에 많이 먹으면 탈 난다. 근데 몇 시간이 지난 거냐?"

　담용이 벽시계를 보는 사이 혜린이 말했다.

　"이틀요."

　"엉? 뭐라고?"

　"이틀이나 지났다고요."

　"뭐야? 이, 이틀?"

　"네. 할아버지와 제가 이틀 동안 번갈아 가면서 문을 지켰다고요."

　'헐!'

그야말로 '헐'이다.

대여섯 시간은 지났으리라고 여겼던 것이 무려 48시간이 지난 뒤라니.

이걸 믿어야 하나 말아야 하나?

믿지 않기에는 혜린이 거짓말을 할 이유가 없었다.

"커험, 할매는 언제 깨어나느냐?"

"아직 두서너 시간은 주무셔야 해요. 생체리듬이 제자리를 찾아야 하니까요."

지압에 놀란 신체가 진정되려면 그럴 것이다.

"애썼다."

"웬걸요, 제 할머니신데요."

"오늘은 늦었으니 내일 아침에 진료를 받겠다고 해도 되겠느냐?"

"그렇게 하세요. 아마 좋은 결과가 나오리라 봐요. 그때는 꼭 약속을 지켜 주셔야 해요."

"그건 염려 말거라."

"제가 장담하는데요, 할머닌 이전보다 훨씬 건강해졌을 거예요."

"그렇게만 되면 얼마나 좋겠누."

"할아버지도 시간을 내서 지압을 해 드릴게요."

"나는 됐다. 이렇게 건강하지 않느냐?"

"그래도 나이는 어디 가는 게 아니잖아요. 겉이 멀쩡해 보인다고 해서 속까지 그런 건 아니거든요."

"하긴 나잇살은 어쩔 수가 없는 법이지."

"하핫, 혜린아, 할머니 깨시면 화장실부터 찾으실 테니 네가 좀 도와 드려라."

노폐물이 소변으로 나오도록 해 놓았던 탓에 냄새가 많이 날 것이다.

"네에."

"아함. 할아버지, 저 눈 좀 붙일게요."

"어이구, 내 정신 좀 보게. 혜린아, 네 오래비 잠자리 좀 봐줘라."

"이미 봐 놨어요. 오빠, 저쪽 건넛방을 쓰면 돼요."

"그래."

담용은 안방 다음으로 큰 중간 크기 방으로 들어오자마자 침상에 걸터앉았다.

"후우, 착 가라앉은 것 같으면서도 몸이 붕 뜬 기분이군."

뭔가 엇박자 같은 컨디션임에도 기분은 더할 나위 없이 좋다.

안성댁을 치료하는 중에 뭔가 큰 소득을 얻은 것 같은 느낌을 받긴 했다.

다만 그 과정을 모를 뿐, 어딘가 성격마저 조금 변하게 할 만큼의 능력 하나가 자리한 기분인 건 확실했다.

이는 굳이 시험해 보지 않더라도 여태껏 지녔던 능력들이 배나 증가한 느낌만으로도 알 수 있는 일이었다.

이를테면 지금까지 연마해 온 특공무술의 장단점이 일목요연하게 그 요체가 파악되면서 동시에 서너 배씩이나 파워가 강해진 기분 같은 것이다.

특공무술이 그럴진대 초능력은 더 말할 것도 없지 않은 가?

이건 당장 시험해 보면 알 일이다.

'해 볼까?'

좁은 방이었지만 마음이 동하고 손이 근질거려 참을 수가 없다.

담용은 집기와 장식품 들만을 골라 하나하나 눈을 맞추고는 차크라를 운기하자마자 짤막하게 읊조렸다.

'무빙.'

짤막한 내심의 명령어.

한데 명령어를 읊었다기보다 그냥 뇌리에 명령어를 떠올리는 순간, 방 안에 있는 간단한 집기와 장식품 들만 쑤욱 떠올랐다.

이 정도는 굳이 염력의 기운을 내비치지 않아도 생각만으로 충분했다.

'크로스.'

순간, 집기와 장식품 들이 엇갈리며 서로 자리를 바꾸었다.

'로테이션.'

이번엔 빙빙 돈다.

마치 마법을 부리는 것만 같다.

'확실히 달라졌군.'

이전에 살짝 긴장한 채 일직선으로만 날리던 단순함과는 비교가 되지 않는 일취월장한 능력이었다.

'훗, 마치 케케묵은 짐 더미를 찾아낸 기분이로군.'

기분 좋은 웃음을 흘린 담용이 뇌리에서 생각을 지우고 지휘자처럼 손을 한 번 휘젓는 것으로 집기와 소품 들을 되돌려놓고는 엄지와 검지를 모았다.

'파이어.'

그냥 불꽃만 떠올렸다.

화악!

'헛!'

담용이 흠칫하며 얼굴을 뗐다.

파이로키네시스 주문에 난데없이 살구만 한 불덩이가 생겨났다.

활활활.

보기만 해도 용광로를 태우는 열기였지만 전혀 뜨겁다는

감각이 없다.

이 역시 이전의 촛불만 했던 열기와는 비교가 되지 않을 정도로 한층 업그레이드된 현상이다.

퉁퉁퉁.

소리는 나지 않았지만 공놀이하듯 허공으로 던졌다가 받았다가를 반복했다.

그러다가 벽을 향해 불덩이를 던졌다.

슈욱.

'소멸.'

불덩이를 뇌리에서 지웠다.

팍!

흔적도 없이 사라진 불덩이.

연기도, 태운 냄새도 없다.

하기야 애초 태울 거리가 없었으니 당연한 건가?

'정말 마법 놀이를 하는 기분이군.'

팔짱을 낀 채 잠시 생각에 잠겼던 담용은 어딘지 모르게 가능할 것 같은 기분에 검지와 중지로 두 눈을 지그시 누르듯 감싸고는 잠시 하고자 하는 바를 떠올리며 차크라의 나디를 운용했다.

이건 누가 가르쳐 주어서가 아니라 그냥 저절로 마음이 동한 신기한 일이었다.

막연히 하면 될 것 같은 기분의 발로랄까 그런…….

게다가 애초 알지도 못했고, 수련한 적이 없는 수법임에도 불구하고 말이다.

　'어디…….'

　침상에서 벗어난 담용이 방문으로 향하더니 눈에 댔던 두 손을 갖다 붙이듯 툭툭 두드리고는 돌아왔다.

　'보여라.'

　역시 그냥 떠올린 생각이다.

　찰나, 고장 난 TV 화면처럼 잠시 이지러진 영상이 뜬다 싶더니 '헛' 하고 절로 헛바람이 튀어나올 정도로 놀라운 그림이 나타났다.

　아니, 담용의 눈에 비쳤다고 해야 옳았다.

　그림은 바로 담용이 들어 있는 방문 밖 거실의 모습이다.

　여린 쑥색의 커튼 사이로 햇빛이 비치고, 그 아래 꽃을 활짝 피우고 있는 군자란이 오후의 나른함을 그대로 보여 주고 있는 그림이었다.

　군자란 옆으로 소파가 있다.

　'ㄱ' 자형 소파에 앉아 휴대폰으로 통화를 하고 있는 혜린의 모습이 또렷이 잡혔다.

　'하! 정말 가능하다니!'

　담용은 자신이 저질러 놓고도 놀랐는지 입을 다물지 못했다.

　이 정도 경지라면 절정에 이른 투시안이 아닐 수 없다.

'사이즈 업!'

10인치 정도의 화면이 두 배로 늘어난 20인치 화면으로 바뀌고 색상은 물론 투명도도 더 선명해졌다.

'헐, 정말 되네.'

두근두근.

자신의 놀라운 변화에 심장박동 수가 빨라지는 담용이다.

동시에 눈앞의 화면이 급격히 흔들리면서 사이즈 또한 쪼그라들기 시작했다.

'아차!'

초능력자의 주식主食은 흥분이 아니라 냉정함임을 모를 리가 없는 담용이 얼른 심신을 가다듬었다.

'휴우, 나도 모르게 흥분했어.'

사람이라면 당연한 반응이었지만 지금은 냉정해야 할 때였다.

'어디 이것도 되나 보자.'

기왕에 내친걸음이라 여긴 담용이 이번에는 귀에다 손을 갖다 대고는 나디를 운용했다.

투청력의 발현이다.

지난번 우이동 계곡 한정식집에서 모임을 갖던 중추회 멤버들의 대화를 엿듣느라 식겁했던 적이 있어 부단히 연마해 오던 투청력이었다.

담용은 연이어 다시금 두 손가락을 방문에 붙이는 시늉을 하고는 침상으로 돌아와 귀를 기울여 보았다.

　화면과 동시에 혜린의 음성이 들려오기 시작했다.

　마치 화상통화를 하는 것처럼.

　―응, 꼭 이틀 만에 나왔어. 할머닌 아직이고. 곧 깨어날 거래. 상태는…… 오빠가 괜찮을 거라고 하는데, 내일 진료를 받아 보기로 했어. 응? 아, 할아버지? 지금 주무셔. 같이 고생하셨거든. 오빠? 피곤한지 잔다고 들어갔어. 자긴 뭐 해? 으응, 은행에 간다고? 돈이 많이 쪼들리나 보네. 오빠한테 얘기해 볼까? 에구, 알았어. 입 다물고 있을게. 수고해.

　통화는 그렇게 끝났고, 그 모든 말이 고스란히 들렸다.

　'역시 열심히 한 수련은 배반하지 않는군.'

　결과에 만족한 담용의 마음이 뿌듯해졌다.

　'근데 뭐? 돈이 쪼들린다고?'

　그럴 리가?

　'또 설계 변경을 했나?'

　그게 아니면 돈에 시달릴 이유가 없다.

　'거참, 조달해 줘야겠구나.'

　도원이 녀석이 자신에게 말하지 않을 정도면 곰방대 할아버지가 다짐을 받았을 것이다.

　은행으로 간다면 대출 건 때문일 것이 빤했다.

　'소멸.'

　투시안과 투청력을 거둔 담용의 생각이 많아졌다.

시험해 보고 싶은 것들이 너무나 많았던 까닭이었다.

그런데 수많은 초능력들 중에 평소 가장 부러워하며 하고 싶었던 것이 있었다.

다름 아닌 고스트 트릭이다.

자신을 추적했던 놈들 중 하나가 하는 것을 보고 마냥 부러워했었던 수법 고스트 트릭.

어쩌면 지난 일주일 동안의 부단한 노력은 '고스트 트릭'이라는 수법에 충격과 동시에 매료를 느껴 행한 일인지도 몰랐다.

가르치면서도 배우지만 남의 것을 보고 흉내를 낼 수도 있다는 이치다.

'후우웁!'

뒤뜰을 향한 벽 앞에 선 담용이 한껏 심호흡을 했다.

투시안과 투청력과는 달리 스스로 직접 물체를 통과하는 고스트 트릭 수법은 긴장이 많이 됐다.

앞의 두 수법이 순수한 정신력에 의한 것이라면 고스트 트릭은 정신력과 더불어 직접 몸으로 부딪치는 물리력을 동반하기에 배나 어렵다는 생각에서다.

아울러 단 한 번도 시도해 보지 않은 수법이라 몸에 와 닿는 감각이 어떠할지에 대해 불안한 감도 있었다.

불안의 요소는 많았다.

콘크리트의 영향은 받지 않을까?

철근은?

흙과 황토는?

밀도의 차이에 의해 영향을 받지는 않을까?

점성 물질을 만나면 어떡하지?

이밖에도 수많은 물질들이 인체에 영향을 미치지는 않을까 하는 생각으로 머리가 더 복잡해졌다.

하지만 체험해 보지 않고 닿을 수 있는 경지는 없는 법.

'해 보자.'

실행해 보고 난 다음 고민해도 늦지 않다.

그런데도 망설여진다.

'젠장 할.'

갑자기 왜 담력이 약해졌을까?

이것저것을 고려하다가는 할 수 있는 일이 아무것도 없지 않은가?

"후후후후웁!"

다시 한 번 길게 심호흡을 하고 마음을 굳게 먹고는 차크라를 최대한 끌어올렸다.

이어서 나디를 내보내 벽체를 미립자로 분해시켰다.

누구도 가르쳐 준 바는 없었지만 이게 순서이지 싶어 행하는 것이다.

타고난 본능이 있다면 이런 것이리라.

마치 알껍데기를 깨고 갓 나온 거북이 새끼가 바다로 향하듯 말이다.

'이 정도면 될까?'

혹시 몰라 방문 크기만큼 나디를 퍼뜨려 심었다.

스윽.

손바닥부터 벽체에 갖다 댔다.

"......!"

벽체에 갖다 대자마자 손이 사라지는 것에 담용의 심장이 '쿵' 하고 소리를 냈다.

'된다!'

내심의 환희를 재빨리 거두고는 팔뚝, 팔꿈치, 어깨까지 집어넣었다.

연이어 오른발을.

쑤욱.

'들어갔어!'

점점 자신이 생겼다.

하지만 행여 소홀할세라 나디의 운용을 더 세밀하게 하는 것을 잊지 않았다.

마침내 몸체의 순서가 됐다.

상체가 사라지고 머리 부위가 벽체를 코앞에 두었을 때, 눈을 질끈 감았다.

찰나, 눈을 감았음에도 불구하고 뇌리로 벽체를 통과하는 자신이 또렷이 잡혔다.

신기했다.

한데 신기하다고 느끼는 그 순간이다.

철퍼덕!

발을 헛디딘 담용이 땅바닥에 앞으로 고꾸라졌다.

"어쿠!"

엎어지며 이마를 찧어 버린 담용이 고통을 느낄 새도 없이 벌떡 일어섰다.

'이런! 미처 높이의 차이를 생각지 못했구나.'

방과 뒤뜰 바닥의 높낮이를 계산하지 못한 대가로 이마가 벌겋게 부어오르는 값을 치러야 했다.

어쨌든 고통보다 더 큰 소득을 확인한 담용이 다시 고스트 트릭의 시도에 들어갔다.

처음이 어렵지 두 번째는 손쉬웠다.

손을 집어넣은 뒤 발을 넣어 계단을 오르듯 방 안으로 들어왔다.

'으하하하핫!'

소리 내어 크게 웃고 싶었지만 그저 두 팔만 올린 채 만세 자세로 웃어 댔다.

독학에서 오는 성취감이었으니 스스로 대단하다고 해도 좋을 일이다.

잠시 흥분을 금치 못했던 담용이 마음을 차분하게 가라앉히며 침상에 걸터앉았다.

'이게 마스터의 경지인가?'

초능력에도 단계가 있다.

유저급은 단계라고 할 것도 없지만 특화된 능력을 자유자재로 다룰 수 있는 경지는 바로 달인이라 칭한다.

즉, 마스터급은 경지에 이른 자로 첫 번째 단계다.

그다음이 무한의 벽을 넘은 무한자이며 언리미터라 부른다.

마지막이 앱설루트로 절대자의 단계다.

누가 정의한 것인지는 모르지만 그렇게 3단계의 경지로 구분된다면 담용은 지금 첫 단계인 마스터에 도달했을 것으로 추측이 됐다.

'언리미터나 앱설루트 단계는 파워의 차이일 것 같군.'

확실하지는 않지만 대충 그럴 것이라 여겨졌다.

여기서 더 올라야 할 경지가 있을까 싶어 그런 생각이 들었다.

'전혀 피곤하지가 않네.'

피곤하다고 들어왔지만 사실은 시험해 보고 싶었던 마음에 하품까지 해 댄 것이다.

담용에게서만 시간이 느려진 기분이다.

'그래도 눈을 좀 붙여야겠지.'

벌러덩.

네 활개를 펴고 드러눕자, 그때서야 피곤이 몰려오는 것 같았다.
　눈을 감은 담용은 금세 깊고 깊은 수면에 들어갔다.

도둑놈들

2000년 10월 13일 금요일.

강남 역삼동 르네상스호텔.

서빙 아가씨가 갖다 준 커피를 한 모금 마신 담용이 시계를 보니 오후 5시다.

김창식 요원과 약속한 시간이 된 것이다.

'늦네.'

스윽.

이왕에 기다리는 것 소파에 기대 느긋한 자세로 눈을 감았다.

몸과 마음이 편하니 절로 졸음이 왔다.

'정말 다행이다.'

안성댁의 췌장암이 거짓말처럼 나아 버린 것이 담용으로 하여금 마음을 편안하게 하는 데 큰 역할을 했다.

담용은 업무를 핑계로 클리닉센터에 가지 않았다.

대신 곰방대 할아버지가 안성댁을 데리고 가서 진료를 받아 보고는 흥분된 목소리로 전화를 해 왔었다.

ー담용아, 네 할머니의 암세포가 싹 없어졌다는구나.

ー하핫. 할아버지, 정말 잘됐네요.

ー네가 애썼다.

ー손자로서 당연히 할 일이었죠. 근데 이 선생은 뭐래요?

ー허허헛, 도무지 믿기지 않는 표정이구나. 전날 검사한 차트가 잘못됐나 하는 눈치더라.

ー아무 말씀 안 하셨죠?

ー그느라 혼났다. 자꾸 이틀 사이에 무슨 일이 있었냐고 묻는데 할 말이 있어야지.

ー하하하핫.

ー그냥 집에 놔뒀던 산삼을 먹였다고 하고 말았다.

ー하핫, 그걸 믿어요?

ー뭐, 믿거나 말거나 이 할애비에겐 그게 중요한 건 아니지.

ー하긴 그렇죠. 지금 클리닉센터예요?

ー그려, 막 나온 참이다.

―어서 모시고 들어가세요. 할머니 쉬시게요.

―오냐, 일찍 들어오거든 집에 들렀다 가거라. 식사나 같이 하게.

―일이 많이 밀려서 오늘은 어려울 것 같아요.

―저런, 이틀을 빠졌으니 오죽할까? 알았다. 너무 무리하지는 말거라.

―예.

"쿠쿠쿡, 이무영이 경악하는 얼굴을 봤어야 하는데⋯⋯."

"아니, 좋은 일이 있습니까? 혼자 히죽거리면서 중얼거리시게요."

"어? 왔어요?"

김창식 요원의 음성에 담용이 기댔던 몸을 일으켰다.

"예, 좀 늦었습니다. 갑자기 제가 분장을 할 일이 있을 거라고 하셔서 그걸 준비하느라⋯⋯."

"앉으세요. 식사는요?"

"이제 먹어야죠."

"그럼 식사할 수 있는 자리로 옮기죠. 어디가 좋습니까?"

"순대국밥 좋아하세요?"

"그거 싫어하는 사람도 있습니까?"

"그럼 호텔 뒤쪽에 제가 아는 집이 있으니 그리로 가시지요."

"그건 다음에 먹죠. 지금은 긴한 얘기가 있으니 방을 잡는 게 좋겠습니다."

"그런 곳이라면 한정식집만 한 데가 없지요. 멀지 않으니 절 따라오십시오."

"일을 앞두고 한잔하기는 좀 그렇겠죠?"

"사내들이 거한 성찬에 술까지 앞에 두고 속을 끓이는 건 좀생이나 할 짓이죠. 아직 시간이 남았으니 서너 잔 정도 하면서 얘기를 나누는 거야 뭐 어떻겠어요."

"하핫, 그거 마음에 드는 말씀입니다. 그럼 먼저 한 잔 받으시죠."

"제가 먼저 따라 드리지요. 직책상 어쩔 수 없이 윗사람이 됐지만, 지금은 그거 전부 타파하고 마십시다."

"하하핫, 꼭 직책상 윗사람이라고 대접하는 게 아닙니다."

"그래도요."

"담당관님, 우리 팀원들이 가끔 하는 말이 있습니다."

"예? 뭔데요?"

"담당관님이 애늙은이 같다고요."

"에? 애, 애늙은이요?"

"예, 나이답지 않은 말투도 그렇고 하는 행동도 그렇고 암튼 모든 게 다 그 나이로 보이지 않아요. 그래서 나이를 초월해서 대우하기로 의견을 모았거든요. 그러니 제 잔부터 받는 게 맞습니다."

"하!"

"아, 아서요."

"이상한 논리로 저를 엮으시네요."

쪼르르륵.

"대우받으셔도 됩니다. 참 전번에 주신 고춧가루 집사람이 고맙다고 전해 달랍니다."

"아, 마음에 들어 하시던가요?"

"그럼요. 때깔이 고운 걸 보고는 진짜 태양초라더군요. 뭐, 산지에서 직접 샀으니 당연한 거겠지만요, 하하핫."

"스무 근이면 한동안 고춧가루 걱정은 하지 않을 겁니다. 자, 한 잔 더하세요."

"옙!"

쪼르르륵.

"이제 일 얘기를 해 보죠."

"예, 그래야죠. 근데 백성열을 잘 아십니까?"

"아뇨, 모릅니다."

"근데 왜 그 녀석을 콕 집어서……."

"제 사무실 근처에 그 자식 사무실이 있거든요. 그래서 가끔 백반집에서 부딪쳤는데 그때마다 공적 자금 같은 눈먼 자금을 못 먹는 놈이 병신이라며 식당이 떠나가라고 떠들고 다니더군요."

"하핫."

"처음에는 말로만 그러는 허풍쟁이 사업가인 줄 알았습니다. 그러다 한참이 지난 후에 식당에서 만났는데, 공적 자금을 2백억 가까이 받았다며 마구 떠들고 다니더라고요."

"지 무덤을 지가 판 놈이네요."

"뭐, 그런 셈이죠. 돈이 곧 나올 거라며 떠들고 다닌 지 한 달이나 됐을까요? 그때부터 식당에서 본 일은 없었어요."

"풋! 졸지에 벼락부자가 됐으니 백반 같은 걸 먹겠습니까?"

"하하핫, 그렇겠죠. 백성열의 오늘 동선은 어디 어디입니까? 약속 장소를 이곳으로 잡은 걸 보면 역삼동 근처일 것 같은데……."

"맞습니다. 르네상스호텔 건너편에 있는 카스바라는 술집입니다."

"월요일인데도 술을 마십니까?"

"담당관님이야 이해가 안 가시겠지만 돈지랄하는 놈들은 요일 같은 거 안 따집니다."

"그래요? 몇 십니까?"

"어제 얘기로는 저녁 식사들을 하고 모인다고 했으니 아마 빨라도 8시나 9시 정도 되지 않을까요?"

"누구누구 옵니까?"

"전부 개잡놈들이죠 뭐. 지 애비들 빽만 믿고 거들먹거리는 철부지들인걸요. 어디 보자."

김창식 요원이 조그만 노트 한 권을 꺼내 낱장을 넘기며 살폈다.

"아, 놔두십시오. 생각해 보니 그런 놈들까지 손봐 줄 시간은 없을 것 같습니다."

"그렇긴 하죠. 준재벌들의 자식들이야 그렇다고 쳐도 백성열 이놈은 지가 언제부터 돈이 있었다고 재벌 행세를 하고 다니는지 눈꼴시어서 못 보겠더군요. 이게 전부 그놈의 180억이란 공적 자금 때문입니다."

뭐가 그리 못마땅했는지 김창식 요원이 흥분해서 열을 냈다.

"담당관님도 그 꼴을 봤으면 저보다 더 열 받았으면 받았지 못하진 않았을 겁니다."

"깝데기를 벗기는 것으로 화를 풉시다. 다른 놈들은 잠시 놔두고 백성열의 재산이나 검토해 보지요."

"하긴 바쁜 담당관님이 피라미들까지 건드려서 뭐하겠습니까? 이왕에 작성해 놓은 명단이니 지니고 계시다가 심심할 때 슬쩍슬쩍 손보는 것도 재미가 쏠쏠할 겁니다."

"하핫, 그럴까요?"

"그럼요. 어차피 백해무익한 놈들이니 병신을 만들어 놓으면 사회가 정화되는 기분이 들 겁니다."

'후후훗, 감시하면서 꽤나 열 받았군.'

"여기 뒷장에 백성열의 재산 목록이 전부 기록되어 있습니다."

"얼마나 됩니까?"

담용이 낱장을 넘기며 물었다.

"제법 부자던데요? 공적 자금으로 받은 180억 원은 법인 앞으로 되어 있고…… 이건 당분간은 처리하기가 어려울 겁니다."

"공적 자금이니 감시의 눈이 있기 때문이겠지요."

"그렇죠. 놈의 계좌에 있는 현금은 얼마 안 됩니다. 고작 6백만 원밖에는요. 대신에 처남 계좌에 156억 원의 잔고가 있더군요. 이건 아마 홍채 인식 특허를 넘긴 대가일 겁니다. 날짜도 거의 일치합니다."

'아, 맞아. 백광INC가 홍채 인식 전문 벤처기업이었지.'

담용도 백반집에서 떠드는 것을 들은 바가 있었다.

아마도 홍채 인식 특허가 공적 자금을 받을 수 있는 근거가 됐을 것이다.

"그리고 고만고만한 빌딩을 두 채씩이나 소유하고 있고 용인에 6만 평에 가까운 토지가 있습니다. 둘 다 장모 앞으로 되어 있고요."

"원래 돈이 좀 있는 집안이었습니까?"

"웬걸요. 처갓집 돈…… 아, 죽은 전처의 돈이었지요."

"예? 사별했다고요?"

"그렇죠. 파 보니 조금 의심스러운 구석이 있긴 한데, 이미 3년 전에 끝난 일이더군요."

"의심스러운 구석이라니요?"

"죽은 전처가 척추를 쓰지 못하는 불구였다고 합니다."

"결혼하기 전에 말입니까?"

"예. 워낙 사랑한다면서 결혼하게 해 달라고 조르기에 결국 여자 측 부모가 허락했는데, 그때 백성열을 기특하게 생각해서 재산을 한밑천 떼서 줬답니다. 두 채의 빌딩이 바로 그겁니다."

빌딩 두 채라니!

엄청난 재산을 떼 준 셈이다.

그만큼 불구의 딸을 불쌍하게 여겼다는 증거다.

몸은 불편하지만 돈이라도 있어서 편하게 살라는 배려인 것이다.

'흠, 재산을 노린 건가?'

성정이 약은 놈이라면 충분히 그럴 수 있다.

"두 사람이 2년밖에 같이 살지 못했다고 합니다."

"척추를 쓰지 못하는 것 외에도 지병이 있었나 보죠?"

"아뇨. 그냥 시름시름 앓다가 죽었답니다. 의사의 소견은 심장마비고요."

"문제가 없었다는 말이군요."

"그렇게 넘어갔다더군요. 처가 쪽에서도 더 이상 이의가 없었고요. 그래서 전처의 명의로 된 재산이 고스란히 남편인 백성열에게 상속된 거지요."

"아이는 물론 없었겠군요."

"예, 전처가 죽고 1년도 안 돼서 재혼했지요. 그런데 아이러니하게도 아이가 지금 여덟 살인 겁니다."

"에? 그럼 초등학교 1학년인데…… 아귀가 안 맞잖습니까?"

"후후훗, 그래서 제가 수상한 구석이 있다고 한 겁니다. 결혼해서 2년 만에 전처가 죽었고 그 후로 3년이 지났으면 많이 잡아도 5년밖에 안 됐는데, 여덟 살 자식이 있다니…… 하하핫."

'고의적으로 접근한 게 확실하군.'

김창식 요원이 하고 싶은 말은 척추 불구인 처녀와 결혼하기 전에 내연의 여자가 있었고 둘 사이에서 아들까지 두고 있던 놈이었으니 재산을 노리고 고의적으로 결혼한 것이 아니겠냐는 것이다. 그 말대로 심증이 갔다.

"그것이 사실이라면 도의적으로도 결코 용서할 수 없는 놈이군요."

"더 깊이 파고들면 알 수는 있겠습니다만 본질이 흐려지는 것 같아 그만뒀습니다."

"언제 시간 나면 파 보죠. 아니, 이번 기회에 합당한 벌을 받을 수 있도록 놈에게 기회를 주는 것도 좋겠군요."

"하하핫, 하늘의 그물은 넓고 넓어서 성기지만 새는 법이 없다는 말처럼 그에 합당한 인과응보가 따라야겠지요."

"흠, 여기 서류에 빌딩은 김계자라는 여자 이름으로 되어 있는데 지금의 부인인가요?"

"놈의 장모입니다. 명의변경을 한 시일이 묘합니다."

"1년 조금 안 되는 걸 보면 빼돌리려고 오래전부터 작정한 것 같네요."

폐업을 작정한 지 1년 가까이 된다는 뜻.

"애초에 직원들에게 임금을 줄 생각이 없었던 거지요."

"토지는……."

"처인구 역북동입니다. 알아보니 이건 누군가 개발 정보를 준 것 같았습니다."

"개발 정보요?"

"예, 놈의 땅이 향후 개발 지역 인근에 몰려 있는 걸로 보아 틀림없습니다."

"개발 지역 인근이라고요?"

"예, 대부분의 땅이 개발 지역에 걸쳐 있거나 바로 인접해 있습니다."

'이건…… 개발될 지역에 대해 빠삭하게 아는 놈의 짓이로 군.'

기실 개발 지역의 노른자 땅은 개발이 되는 지역의 토지가 아니라 그 주변 땅이다.

이유는 개발 지역은 수용이 됨으로 책정된 보상가 외에는 더 기대하기가 어렵지만, 주변 땅은 개발이 됨으로써 반대급부로 토지 가격이 급상승해 보상가보다 훨씬 수익이 높다.

"그렇다면 토지를 매입한 자금 역시 놈의 것이 아닐 확률이 크겠는데요?"

"그럴 가능성이 있습니다. 애초 백꽝INC 외에는 자금 동원 능력이 없었던 놈이니까요. 하지만 시간이 없어서 토지를 매입한 자금 출처는…….."

"그런 건 상관없습니다. 빼앗아 버리면 되니까요."

"하핫, 방법이 있습니까?"

"없으면 만들어야지요. 토지 가격이 얼마나 된답니까?"

"현재 한 평에 150만 원에 거래가 된다고 하니, 대충 잡아도…… 9백억이 넘네요."

"헐, 그 자리가 개발 지역으로 공시되어 확정된다면, 그야말로 노다지 땅이 되는군요."

"시일이 지나면 지날수록 가격은 몇 배로 더 뛰겠지요."

"개발계획은 어디서 주관하며 개발 예정일은 언제랍니까?"

"주관 부서야 건설교통부지요. 발표 예정은 약 2년 정도 남았고요. 개발은 토지 보상이 끝나는 대로 시작할 것이라더군요."

투기꾼들에게는 개발이 중요한 것이 아니라 도시계획 확정 발표일이 더 중요하다.

그때부터 토지 가격이 급상승하기 때문이다.

또한 2년 후면 이번 정부도 레임덕에 걸리는 시기다.

이 시기라는 게 묘한 것이 정부 요직에 있는 공직자의 경우 대부분 개각으로 인해 물러나는 때라 도덕적으로 책임을 묻기가 어려워진다는 점이다.

국민들?

이런 사실들을 꿈에서조차 알 리가 없다.

혹자들은 이런 말을 해 줘도 엉뚱한 소리를 한다.

-먹고살기도 바쁜데 거기까지 신경 쓸 시간이 어딨어?

이건 잘못된 생각이다.

세금이 이렇게 줄줄 새기 때문에 먹고살기가 힘들어졌음을 알아야 하는데, 그걸 간과하고 넘어가는 것이다.

보상금이 국민들의 세금이기에 그렇다.

1백 원이면 충분히 보상하고도 남을 것을 그런 작자들로 인해 그 열 배인 1천 원이나 더 지불해야 하기 때문이다.

'조사해서 확 다 긁어 버려?'

심정 같아서야 당장 그렇게 하고 싶다.

'일단 눈앞의 일이 먼저다.'

"건설교통부 담당 직원이 흘렸을 리는 없을 테고……."

"하핫, 금세 들통이 날 일을 하겠습니까? 대부분이 그렇듯 정치인이 관계됐을 겁니다."

하기야 그게 아니라면 말이 안 된다.

일반인은 접근도 할 수 없는 부서라면 백성열이 알아서 매입해 그의 장모 앞으로 명의를 해 뒀다는 얘기가 된다.

이게 과연 우연의 일치일까?

'뭐, 파다 보면 뭔가 나오겠지.'

"그렇다면 아무나는 아닐 테고…… 아무래도 국회 건설교통위원회 임원 중 한 사람의 입김이 썬 것 같죠?"

"빙고. 그래서 이렇게 뜬금없고 난데없는 일이 있을까 싶어서 백성열의 족보를 좀 추적해 봤습니다."

"아, 뭐가 나왔습니까?"

"여당 중진 의원인 조기우가 외가 쪽으로 사촌 아저씨뻘이 되더군요."

"조기우 의원?"

기억에 없는 인물이었다.

"몇 선입니까?"

"이번까지 4선입니다."

4선까지 당선될 정도면 상당한 중진이었고, 지역에서 인망이 대단하다는 의미다.

그렇다고 해도 기억에 없는 걸 보면 청와대나 정부 주요 부서의 장長을 지낸 것 같지는 않다.

'4선으로 끝난 건가?'

"지역은요?"

"용인입니다."

"어? 거기가 고향입니까?"

"예."

'헐, 그야말로 고양이에게 생선을 맡긴 격이로세.'

"지금 뭘 맡고 있습니까?"

"건설교통위원회의 위원장을 맡고 있습니다."

"헐, 위원장이라면……?"

이제야 말이 되는 단서가 나왔다.

"거물인 셈이지요. 그것도 여당."

"건드려도…… 되겠습니까?"

그렇게 말하면서 담용이 머리를 북쪽으로 향했다가 내렸다.

상부에서 말이 없겠냐는 뜻이다.

"어떻게 건드리느냐가 중요하지 않겠습니까? 그리고 아직 보고도 하지 않았습니다."

"어? 그래요?"

"보고할까요?"

"아, 자, 잠시만요."

'하! 보고를 하지 않았다?'

이걸 어떻게 해석해야 하나?

'그냥 꿀꺽하고 말아?'

마스터의 경지에 이른 지금은 충분히 자신하고도 남는다.

자신하는 가장 큰 이유는 고스트 트릭을 장착했다는 점이 컸다.

그래서인지 욕심이 더 났다.

더구나 복지관에 자금이 부족하다지 않는가?

기실 담용이 보유한 돈이 적지는 않다.

전부 마해천 회장이 관리하고 있어서 그렇지 실제로는 수천억대의 부자라 할 수 있었다.

하지만 온전히 치부할 마음도 없는 데다 그 돈으로 할 일이 있어 개인 돈이라고 하기도 어렵다.

'욕심을 내면 안 되는데…….'

아무리 좋은 일에 쓴다고 해도 욕심은 욕심이다.

차크라는 담용이 권선징악을 행하는 한 자신을 배반하는 일은 없으리라 여겼다.

사욕을 채우는 순간, 차크라의 효능이 한순간에 사라질 수 있음을 늘 경계하는 담용이다.

'그래, 아직은 때가 아니야.'

묵혀 둔 돈은 건드리지 않기로 마음을 먹었다.

어쨌든 혼자서 결정할 일이 아니어서 물었다.

"김 요원의 생각은요?"

"저는 전적으로 담당관님 편입니다."

아예 올인했으니 무조건 따르겠다는 얘기.

'헐, 뭔 인복인지…….'

사람이 따른다는 것은 좋은 일이었고, 마다할 일도 아니었다.

책임이 따른다고? 그건 감당하면 된다.

"좋습니다. 일단 상황을 보지요. 보고를 뒤로 늦추던지 아니면 아예 없는 걸로 할 것인지는 일의 추이를 보고 결정하지요."

"그러죠. 계획이 있으면 말씀해 주시지요."

"부동산을 처리할 방법이 있습니까?"

"방법이야 수백 가지가 넘지만 대부분 강압하는 방식이라 별로 내키지가 않네요."

그럴 줄 알았다.

그만큼 확실한 것도 없지만 사달이 벌어질 확률도 높다.

이 방식은 아웃이다.

담용의 기색을 알아 챈 김창식이 재차 말했다.

"담당관님이 묘수를 내 보는 건 어떻습니까?"

"노력해 보지요."

방법이 없는 것은 아니어서 그러마 하고 답했다.

"대신 관공서 처리 부분은 부탁합니다."

"그럴 일이 있습니까?"

"혹시 몰라서…… 아니, 틀림없이 있을 겁니다."

"알겠습니다. PA 요원들을 동원해서라도 처리하겠습니다."

"놈들이 술자리가 파한 다음에 어디로 갈 것 같습니까?"

"반드시 2차를 갑니다."

"물론 아가씨들과 함께이겠지요?"

"하하핫, 말하나 마나지요."

"2차 장소는요?"

"각자도색입니다."

같은 장소가 아닌 각자 흩어져 색을 밝힐 것이란 뜻.

"미행하는 수밖에 없겠군요."

"그렇습니다."

"공적 자금에 대해 의논해 보지요. 탈취한다고 해도 문제가 없겠습니까?"

"정상적으로 사용했다면 문제가 되겠지요. 사회적 지탄도 면할 수 없을 테고요. 하지만 공적 자금을 수령해 놓고 난 다음 법인만 살려 놓은 채 회사를 폐쇄했다면 문제는 달라집니다. 경찰이 수사에 들어간다고 해도 백성열이 고의로 은닉했다고 보지 않겠습니까?"

'흠, 그럴지도…….'

여야 합의에 의해 2001년 2월 발족되어 제정된 공적자금관리특별법에 의한 공적자금관리위원회도 없는 지금이라면 더더욱 그렇다.

더군다나 공적 자금의 상환 대책마저 2003년 6월 말에 마련되어 대외에 발표가 되다 보니 지금은 못 받아먹는 놈이 바보다.

이 모두 공적 자금 문제로 인해 발족됐으니 얼마나 심각했는지 미루어 짐작할 만했다.

법망이 숭숭 뚫린 공적 자금 제도에 대한 뒷북 정책.

어쩌면 이마저도 정치인들 중 아는 놈은 그동안 눈치껏 해먹으라는 배려(?)인지도 모른다.

'쩝, 의심을 하고 들자면 한도 끝도 없지.'

그렇다고 공적 자금 제도 자체를 폄훼하는 것은 아니다.

순기능만 발휘됐다면 이보다 더 좋은 제도가 없을 정도로 명책이었으니까.

어떻게 보면 IMF 위기 이후 공적 자금을 단기간에 집중적으로 금융기관에 투입하여 금융 구조 조정을 신속하게 추진한 것은 신의 한 수일 정도로 발군의 역할을 했다는 것을 담용은 잘 알고 있었다.

'우리 앞에가 멕시코였지.'

대한민국이 IMF를 맞기 이전에 멕시코가 금융 위기를 겪었던 바가 있어 벤치마킹을 했었다.

하지만 큰 도움이 되지 못했고, 오히려 모 경제 연구소에 의해 발표된 바에 의하면 스웨덴과 핀란드의 금융 위기 극복

사례에서 참고를 많이 했다고 했다.

특히 스웨덴이 핀란드보다 조기에 위기를 극복한 덕에 벤치마킹의 모델이 됐다.

"추후에 국회에서 문제를 삼을 수도 있지 않겠습니까?"

대부분의 공적 자금이 국회 동의를 받아 예금보험공사와 자산관리공사에서 채권을 발행하여 조성되기에 묻는 말이다.

"탈취한 증거만 남기지 않는다면 문제가 되겠습니까? 더욱이 지금까지 조성된 공적 자금이 104조 원입니다. 180억 원은 티끌밖에 안 되는 금액인데 신경이나 쓰겠습니까? 아마 거기에 관계된 자만 신경을 쓸 겁니다."

"104조원요? 더 되는 걸로 알고 있는데요?"

"지금까지 발표된 금액이 104조 원이라는 겁니다. 98년 1차에 64조 원 그리고 올해가 40조 원이지요. 항간에는 104조 원이 추정치라고들 하더군요. 뭐, 금융기관의 부실 채권을 정리하는 데 필요한 자금만 무려 118조 원이라고 합니다만, 뒤로 새고 옆으로 빠지니 앞으로 남는 금액을 따지면 추정치라는 게 맞는 말 같습니다."

'씨발.'

절로 욕이 튀어나왔다.

공적 자금은 금융 구조 조정을 지원하기 위해 동원되는 자금을 의미한다.

자금이 생긴 원인은 외환 위기 때, 은행들이 망한 기업들의 채권을 회수하지 못해서 고객들의 예금 인출 요구에 대응을 할 수 없을 정도가 되자, 정부가 공적 자금을 은행에 투입해서 경영을 안정시키자는 데서 비롯됐다.

그런데 정부가 공적 자금을 투입은 했지만 결국에는 국민의 세금으로 갚아 나가야 할 돈이라는 것.

여기서 더 국민들을 분노하게 하는 것은 기업들이, 은행들이 그리고 썩어 빠진 정치인들이 결탁해서 정치자금이다 뭐다 하며 뜯어먹은 돈을 국민들이 허리띠를 졸라매 상환해야 한다는 점이다.

여기에 백성열 같은 악덕 기업주들까지 정치인들과 결탁해 한몫 톡톡히 해 먹었으니 더 말해 무엇할까?

국민이 무슨 쓰레기 청소부도 아니고.

'쯧, 어쩌면 백광INC의 공적 자금 탈취가 공적자금관리특별법 발족과 공적자금상환대책이 빨리 마련되는 기회가 될 수도 있겠어.'

사실 이런 제도가 없는 지금 공적 자금을 빼먹을 수 있는 구멍이 수두룩하다.

흔히 이런 말들을 한다.

─처벌할 법적 근거가 없다.

이런 경우 법을 잘 아는 자만이 눈먼 돈의 주인이 될 수 있다는 말이나 마찬가지다.

그러니 잘못은 명백한데 처벌할 법적 근거가 없어 엉뚱한 법을 끌어다가 처벌한다.

당연히 솜방망이 처벌일 수밖에 없는 것이다.

백광INC의 경우도 마찬가지인 것이 공적 자금으로 노력했음에도 불구하고 폐업을 할 수밖에 없었다고 말하면 끝이다.

발표하기 전에 수단과 방법을 가리지 않고 방패막이를 준비하는 것이야 당연한 절차고.

즉, 기업 부도로 인해 회수 불가능한 부실채권이 되어 버렸으니 그만 아웃시켜 달라는 뜻이다.

돈?

부실채권이 되어 버렸으니 한 푼도 못 받는다.

아, 받긴 하겠다.

회사에 비치된 집기 등을 중고로 팔아서 몇 푼 건질 수는 있으니까.

여기에 유력 정치인이 끼었다면 그마저도 대충 덮고 넘어가는 일은 여반장이다.

이 말은 관리 감독 기관이 금융기관이라는 데 그 허점이 있다고 봐야 했다.

관치금융의 주범이 정치인이니 당연한 얘기다.

뭐, 다소 지나친 면이 없지 않은 비유일 수도 있지만, 이 때는 정말 그런 일이 일어났다.

그것도 비일비재하게 많았다.

정치인들 중 공적 자금에 손 안 댄 자가 없을 정도였으니 말이다.

"공적 자금을 회수하지 못하면 어떻게 충당합니까?"

확실하게 알아야 할 사안이었기에 묻는 것이다.

"백 퍼센트 회수하지 못한다는 건 정부도 압니다. 만기일이 된 공적 자금 채권에 대해서 투자자들에게 만기 금액을 상환해 줘야 하는데, 그 부족분을 어디서 충당하겠습니까? 결국 국민이 낸 세금으로 충당하거나 아니면 세금 외의 다른 방법으로라도 충당한다고 해도 역시나 국민의 부담이 되는 것이지요. 여기 도표를 봐도 바로 알 수 있습니다."

"……?"

김창식 요원이 짚는 부분에 간단한 그래프가 그려져 있었다.

-예금보험공사(2000년 9월 현재) : 회수 자금 9조원 - 회수율 13.3%

-캠코(한국자산관리공사) : 회수율 61.4%

"캠코가 예금보험공사보다 자금 회수 능력이 뛰어나군

요."

"서로 다른 채권들을 가지고 회수를 하기에 그런 면이 없지 않아 있습니다. 또 실적에 급급해 채권을 헐값에 외국 금융기관에 넘긴 경우도 문제가 되지요. 캠코의 경우는 대부분 부동산만을 취급한 덕에 집값 및 땅값의 상승으로 인해 회수율이 높은 것이고요."

'그럴듯하군.'

"아무튼 지금 탈취한다고 해도 탈이 없을 거란 말이지요?"

"제 생각에는 그렇습니다."

"좋습니다. 지금부터 작전을 말씀드리지요."

"하핫, 기다렸습니다."

"며칠 걸릴 일인 것 같아 역할 분담이 확실해야 할 것 같습니다. 일단 페이퍼 컴퍼니가 필요할 합니다."

"페이퍼 컴퍼니를 구하려면 보고를 해야 할 텐데요. 제 선에서는 조금……."

"보고하세요. 우리 회사도 자금이 많으면 많을수록 좋잖습니까? 그러지 않아도 대통령 땜에 팍 졸아들었는데, 우리라도 벌충해 놔야지요."

"젠장, 대공 부서는 왜 없애 가지고……."

"그 때문에 최 차장님이 골머리를 싸매고 있는 것 아닙니까?"

사실 말이야 바른말이지 이번 정부가 들어서고부터 대한

민국의 내의 대공 부서가 깡그리 없어졌다고 해도 과언은 아니다.

국정원은 말할 것도 없고 경찰 대공 요원과 기무사 요원까지 전부 없애 버렸다.

지난 4월만 해도 국정원 대공 요원 581명, 경찰 대공 요원 2,500명, 기무사 대공 요원 600여 명을 또 없애 버린 것이다.

도대체 간첩을 잡으라는 건지 마음대로 활동하도록 내버려 두라는 건지 모르겠다.

한때 대한민국의 국시가 '반공'이었다는 것이 무색해져 버렸다.

국정원 대공 요원이야 중앙정보부 시절부터 악감이 있어 없애 버렸다고 쳐도 경찰 대공 요원과 기무사 대공 요원은 왜 없애는 것인가.

날조된 간첩이 생기지 않게 막는 것도 중요하지만, 진짜 간첩 행위를 하는 놈들도 잡아야 할 것 아닌가.

'으음, 좀 더 두고 보자.'

어찌 됐던 국민이 뽑은 대통령이 아닌가?

'공功'과 '과過'는 역사가 판단할 일이지 담용 개인이 좌지우지할 일이 아니었다.

그러나 대공 요원의 전멸은 분명히 문제가 있다.

'앞으로 빨갱이들을 잡는 데 적극 협조해 줘야겠군.'

담용이 그렇게 가볍게 마음먹은 일이 향후 지대한 영향을

끼쳐 간첩들에게 엄청난 대미지로 작용할 것임을 지금은 알
지 못했다.

"우리라도 힘을 실어 줘야지요."

"당연히 그래야 합니다. 그리고 이번 일을 보고하면 페이
퍼 컴퍼니 문제는 쉽게 해결될 겁니다."

"그다음은……."

담용은 그때부터 김창식 요원에게 백성열의 재산 탈취 작
전을 1시간에 걸쳐 설명했다.

뛰는 놈 위에 나는 놈

'돈지랄을 하는군.'

커피 자판기에서 빼 온 커피를 후룩거리며 장충체육관 돔 지붕 꼭대기에 걸터앉은 담용이 대한민국 최고의 숙박 시설을 갖춘 S호텔을 바라보며 속으로 내뱉은 말이다.

'여자 하나 품는데 최고급 호텔이라니. 도대체 숙박비가 얼마야? 처량하군.'

어느 놈은 팔자가 좋아 고급 호텔방에서 여자 끼고 떡방아 찧고, 어느 놈은 지붕 위에 앉아 이슬을 맞고 있어야 하다니.

세상 참 공평치 않다.

'감시 카메라가 많기도 하네.'

특급 호텔이어서 그런지 첨단 장비는 재빨리 빈틈없이 갖쳐 놓았다.

그나저나 어쩌 양상군자가 된 기분이다.

아직은 할 일이 없는 담용은 품에 안고 있는 고양이를 쓰다듬었다.

오는 길에 잡아 온 길냥이였다.

심심해서? 아님 다른 용도가 있어서?

길냥이치고는 얌전했다.

두고 볼 일도 없이 담용의 애니멀 커맨딩에 취한 탓이다.

스윽.

하늘을 올려다보았다.

지금은 구름에 반달이 걸쳐 있는 밤이다.

카스바라는 술집에서 거나하게 마신 백성열이 아가씨 하나를 데리고 온 곳이 바로 이곳 S호텔이라 미행하던 담용도 자연히 이끌려 올 수밖에 없었다.

놈이 몇 호실에 묵는지 따위는 걱정할 필요가 없다.

김창식 요원이 국정원의 권한으로 숙박자들의 점검 차원이란 명목하에 이미 알아본 바라 숙지하고 있는 상태였다.

더구나 사진이 부착된 정부 발행 신분증을 요구하는 특급 호텔이라 타인 명의로 방을 얻을 수가 없어 호실만 알아 두면 정확했다.

1901호.

놈이 숙박한 객실의 번호다.

'어쩌면 그 짓거리도 마지막이 될지 모르니 실컷 즐겨라.'

그동안 담용은 백성열 재산을 효과적으로 털 궁리를 할 생각이다.

실행에 옮기는 시간은 대충 새벽 2시쯤으로 예상하고 있었다.

공적 자금 180억과 은닉 자금 156억에 대해서는 페이퍼 컴퍼니를 이용하면 되겠지만, 용인의 땅이 문제였다.

'일일이 데리고 다니면서 명의 이전을 시킬 수도 없고…….'

적어도 이틀은 걸릴 일이어서 문제가 발생할 확률이 높아 시행하기가 어렵다.

가장 효과적인 방법은 백성열 스스로 행하는 것이지만 현재로서는 불가능한 일이다.

정신 계통의 능력이 탁월하다면 또 모를까.

담용은 아직 정신계에 대해서는 이론만 알고 있는 터라 시행은 단 한 번도 해 본 적이 없는 초보였다.

하지만 이미 정신계 계통의 능력을 시도하기 위해 준비를 해 놓은 터였다.

다름 아닌 매입 자금 때문에 마해천 회장에게 부탁을 해 놓은 것이다.

아울러 마해천 회장이 매입자로 나서도 상관은 없다.

이미 오래전부터 부동산 계통에서는 신화적인 인물로 알

려졌으니 거액의 부동산을 매입했다고 해서 이상한 일은 아닐 테니까.

더불어 이곳으로 오기 전에 이미 말까지 맞춰 놨다.

"마 회장님, 접니다."

─헐, 이놈 보게나. 어째 잊을 만하니 연락하는구먼.

"왜요? 저 보고 싶었어요?"

─푸헐, 시커먼 사내놈을 내가 왜 보고 싶어 해?

"히힛, 곧 찾아뵐 테니 부탁 하나 들어주세요."

─돈 생기는 일이 아니면 어림도 없다는 걸 알지?

"당연히 돈 생기는 일이죠."

─그렇다면 말해 봐라.

"지금 당장 용인에 있는 부동산 사무실에다가 역북동 땅이라면 뭐든지 매입하고 싶다고 연락처를 남겨 두세요."

─다 늦은 시간에 말이냐?

"늦게까지 일할 정도로 열성이 있는 사람이라면 대박을 맞아도 보람이 있는 거겠죠."

─알았다. 그런데 아무 땅이나 매입하란 소린 아닐 테고. 속셈이 뭐야?

"아, 내일 6만여 평의 땅을 팔겠다는 말이 나오면 그때 움직이세요."

─그렇게만 하면 되느냐?

"매입 자금도 9백억 원 정도 준비해 두셔야 해요."

─헐, 웬 돈이 그렇게 많이 필요한 게야?

"족히 몇 배는 뻥튀기를 할 테니 아깝지 않을 겁니다."

─흠, 그래?

"하지만 섣불리 지불하지 말고 깎을 만큼 깎으세요."

─엉? 어, 얼마나?

"처분을 빨리해야 하는 사람이라 6백억 정도에 맞춰 보세요."

─그렇게나 많이?

"안 되면 조금 더 지불하든지요."

─알았다.

경험이 많은 분이니 무슨 말인지 알 것이라 생각했다.

"빌딩 두 개도 있어요."

─어딘데?

"교대역 앞과 잠실역 쪽요."

─가까우니 일하기에 편하겠군.

"마 회장님은 용인 땅을 매입해야 하기에 안 됩니다."

─그럼 누굴 시켜?

"적당한 사람을 골라 보세요."

─그러지.

역시 베테랑이라 척하면 착이다. 주변에 시킬 사람이야 많을 테니까.

-방식은 조금 전과 같이 하면 되겠지?

"옙!"

-거래는 확실한 거지?

"글쎄요. 저도 50퍼센트 정도밖에는 자신이 없어요."

-헐, 네놈이 그런 말을 할 때도 다 있구나.

"그럴 만한 이유가 있어요. 어쨌든 연락이 오면 곧바로 가셔서 일시불로 매입하도록 하세요. 세 건 전부 다요."

-급한 건인가 보구나.

"예, 속전속결로 끝내야 해요."

-그렇다면 서울은 조치해 놓고 나는 희수와 같이 일찌감치 가서 용인 구경이나 하고 있어야겠구나.

희수는 만박이다.

"그러시는 게 좋겠네요. 잘 부탁합니다."

-염려 마라. 이 계통에서만 무려 50년 동안 물을 먹은 나다.

그 정도 세월이면 프로페셔널 중에 프로페셔널이다.

"어련하시겠어요. 끊을게요."

-인석아, 내 몫은?

"히히힛, 알아서 챙겨 드릴게요."

이 노인네에게는 공짜가 없다.

그래서 더 좋은 면이 많다.

서로 주고받으니 뒤끝이 없고 깔끔하잖아?

-희수 몫도 챙겨 놔.

"알았어요. 저 지금 바빠요."

-끊어!

'후후훗, 노인네도 참……'

하기야 제 볼일만 보고 바쁘다는 핑계를 댔으니 뿔이 날 만도 했다.

'자, 슬슬 시작해 볼까?'

놈이 즐겁게 노는 동안 무료하게 기다리기보다 잡아 온 길 냥이를 대상으로 실험해 볼 생각이었다.

물론 인간과 동물이 같을 리 없으니 감안은 해야 한다.

담용은 애니멀 커맨딩을 공부할 때, 찰스 다윈의 진화론을 참고하는 일이 많았다.

이는 각종 동물에 대한 전문적인 자료가 너무나 방대하거나 아예 없었기에 궁여지책으로 택한 것이었지만 탁월한 선택이었음을 자부할 정도로 도움이 됐다.

다윈의 이론에 의하면 인간과 동물이 표현하는 감정은 학습된 것이 아니라 선천적이고 유전된 것이라고 했다.

감정은 신경이 근육을 자극하여 얼굴 표정으로 표현된다고도 했다.

이러한 감정의 보편성은 인간이 다양한 상황에서 신속히 대처하는 데 도움이 되기 때문에 진화한 것으로서 효율적인 의사 전달 체계의 역할을 한다는 것이다.

고로 동물에게서 나타나는 감정 표현 방식과 인간의 감정 표현 방식을 비교하여 종간種間의 생물학적 유사성이 있다고 보는 것이다.

이것이 다윈의 주장이며, 이러한 주장은 여러 학문에 광범위한 영향을 끼친 것은 물론 후대의 생태학 발전에 크게 기여한 바가 있다는 게 학계의 중론이다.

그래서 담용도 안심하고 다윈의 이론을 학습하는 데 게을리하지 않았었다.

'녀석, 고로롱거리기는.'

고양이들의 특성 중 하나로 기분이 좋을 때 내는 소리다.

물론 아플 때도 그런 소리를 내지만 지금은 아니다.

이미 애니멀 커맨딩으로 교감이 끝난 상태.

이제 차크라의 꽃을 피워 제3의 눈을 깨워 시도하면 된다.

길냥이에게는 아무런 대미지가 없다는 것이 담용으로 하여금 과감하게 만들었다.

제3의 눈을 열려면 여섯 번째 차크라의 자리에 위치한 인당혈을 열어야 했다.

뭐든 대충으로 이루어지는 일은 없다.

'시작하자.'

가부좌를 틀고 앉았다.

길냥이의 머리에 손을 얹고 조용히 눈을 감은 담용이 차크라 운기에 들어갔다.

이미 마스터급에 이른 터라 단계를 밟지 않고도 여섯 번째 차크라의 문으로 곧바로 진입이 가능했다.

이어서 제3의 눈이라고 불리는 인당혈을 열어 보라색 꽃을 피워 냈다.

후아앙−!

단박에 꽃을 만개시켰다.

원래 차크라의 관문마다 피는 꽃이 만개하기까지는 오랜 시간이 걸린다.

오죽하면 인내의 관문이라고 할까?

하지만 마스터급의 경지는 이를 모두 무시했다.

고로 그리 많은 시간이 소요되지 않아 보랏빛 꽃을 활짝 개화시킬 수 있었다.

보랏빛 꽃은 각성의 전초기지다.

똬리를 틀고 안착하게 되면 직관력이 증폭되고 눈앞의 현실을 변화시킬 만한 폭발적인 에너지를 머물게 할 수 있다.

즉, 상상하는 자체가 에너지의 집합체를 이루는 부위라 경지에 이르면 독심술까지 가능해진다.

마스터급은 독심술을 응용하는 경지다.

담용은 이를 활용해 보기 위해 실험하는 중이었다.

'나디……'

길냥이의 머리에 올려놓은 손에서 나디가 뻗어 나와 스르르 스며들었다.

두려워하면서도 편안한 기분을 느끼는 길냥이의 마음이 대번에 읽혔다.

비율은 3 대 7.

불안감이 3이고 안온함이 7이다.

안온함이 우위에 있음을 확인한 담용이 대뇌로 짐작되는 부위에 나디를 집중시켰다.

대뇌, 즉 큰골은 기억과 생각 그리고 판단과 명령 등 의식적으로 일어나는 일들을 맡아서 하는 곳이다.

대뇌에 명령어를 심으려면 비록 깨알 만한 양이라도 나디를 심었어야 했다.

나디는 명령어도 담고 있지만 시간까지 조율하는 중요한 매개체였다.

담용은 어떤 명령을 내릴지를 생각해 보았다.

-애야, 다섯 걸음 걸어가서 재주를 한 바퀴 넘고 또 다섯 발짝 뛰어가서 두 번 재주를 넘어라. 그런 다음 세 번 울음소리를 낸 뒤 뒤돌아서 살금살금 걸어오다가 또 재주 세 번을 넘고 내게 오너라.

'이 정도면 됐어. 시간은 2분 정도.'

그렇게 결정한 담용이 길냥이의 대뇌에 깨알보다 작은 양의 나디를 심고는 살며시 내려놓음과 동시에 듀얼 시계에 시간을 맞췄다.

당연히 깨알만큼의 차크라가 소모되는 것이고 회수할 방법도 없다.

다른 초능력자들은 어떤 수법을 사용하는지 알 길이 없다. 이건 순수한 담용만의 방법일 뿐이다.

백성열에게 사용할 때는 또 얼마만큼의 나디를 소모해야 할지 감이 잡히지 않았다.

녀석은 몽유병이라는 지병이라도 있는 듯 담용이 내린 명령어에 따라 어슬렁대며 다섯 걸음 걷더니 훌쩍 재주를 넘어 보였다.

'옳지!'

하마터면 환호를 지르며 손뼉을 칠 뻔했다.

그렇게 되면 만사휴의다. 최면 상태에 든 녀석이 화들짝 정신을 차릴 테니까.

이어 폴짝폴짝 다섯 발짝 뛰어가던 녀석이 두 번 연거푸 공중제비를 돌았다.

그리고 이어진 고양이 특유의 울음소리 세 번.

냐옹. 냐옹. 냐옹.

'우와! 정말 신기하구나.'

시도할 생각은 있었지만 정말 될 줄은 몰랐던 담용이 흥분했다.

조용히 뒤돌아선 녀석이 마치 쥐를 잡을 때나 취할 자세로 살금살금 걸어오다가 풀쩍, 풀쩍, 풀쩍 세 번의 공중돌기를 하고는 담용의 품에 살포시 안겨 왔다.

동시에 시간을 끊었다.

'하하하핫.'

고양감이 이런 건가 싶었다.

스담스담.

'1분 30초가 걸렸군.'

깨알 크기가 너무 과했나?

30초의 간극.

피를 뽑아 그냥 내버린 것 같아 무지하게 아깝다는 생각이 들었다.

'앞으로 세밀하게 조절할 필요가 있겠어.'

정상적인 행태를 보이는 녀석을 보니 다행히도 아무런 부작용이 일어나지 않은 것 같았다.

기특한 녀석을 위해 미리 준비해 온 까만 비닐 봉투에서 고등어 한 마리를 꺼내 주었다.

고양이에게 타우린이 든 생선만큼 큰 상급이 없음을 알기에 준비한 것이다.

'잘했어, 많이 먹어라.'

다시 한 번 녀석을 쓰다듬어 준 담용이 턱을 괴고 생각에 잠겼다.

문제가 없지 않아서다.

'사람에게도 가능할까?'

시간을 이틀로 잡을까, 사흘로 잡을까?

나디의 양은 또 얼마나 돼야 할까?

어떤 식이든 근본적인 문제가 도사리고 있었다.

길냥이가 애니멀 커맨딩으로 교감이 된 상태에서 명령을 들었다는 점이 그것이다.

즉, 정신력이 강한 인간과는 격이 다를 것이라는 얘기다.

인간의 정신력은 그리 약하지 않아 만약 백성열이 제정신을 유지하고 있는 상태라면 마스터가 아니라 언리미터급의 경지라도 어려울 것이다.

앱설루트급의 경지라면 또 모를까.

하지만 이 역시 닿아 보지 않았으니 장담하기 어렵다.

그렇다고 무리라고 여기지 않는 것은 백성열이 지금 술에 취한 상태라는 점이다.

즉, 과다한 알코올로 인해 혼몽한 컨디션이라는 것이 천만다행인 셈.

'대뇌에는 강렬한 명령어를 담은 나디를 심되 소뇌는 활동을 활성화시키는 게 좋겠어.'

소뇌는 대뇌 뒷부분 밑에 위치한 작은골을 말한다.

운동신경을 총괄하는 곳이기도 하다.

즉, 술에 취한 사람이 정신은 말짱한데 걸음걸이가 비틀거리는 것은 알코올에 의해 작은골의 활동이 장애를 받는다는 데서 기인한다.

이는 술에 취한 상태로는 곤란했기에 명령어대로 빠릿빠릿하게 움직이기 위해 취하는 조치였다.

당연히 소뇌에도 나디를 심어야 효력이 있을 것이다.

'만에 하나 제정신을 유지하고 있다면 김창식 요원의 말처럼 강압적인 수단을 동원할 수밖에 없겠지.'

그때부터는 백성열은 세상에 태어난 것을 후회할 수밖에 없을 것이다.

기왕에 시작한 일, 어떤 식으로든 매조지하는 것은 필수니까.

우우웅.

'왔구나.'

이 시간에 연락할 사람은 김창식 요원밖에 없다.

"어떻게 됐어요?"

ㅡ페이퍼 컴퍼니는 구했습니다.

"어딥니까?"

ㅡ법인명은 특용R&D입니다.

"어? 국내 법인입니까?"

ㅡ우선 의심을 피하기 위해 국내 법인으로 이체시킨 후 곧바로 다른 곳으로 이체시킬 겁니다.

하긴 곧바로 외국으로 이체시킨다면 의심을 피할 수 없을 것이다.

"거기는 어딘데요?"

–케이먼군돕니다.

케이머군도라면 버진 아일랜드와 함께 페이퍼 컴퍼니계에서는 쌍두마차라 할 수 있다.

국정원 정도의 정보국이라면 이 정도쯤은 만약을 위해서라도 갖추고 있는 게 당연했다.

"뭐라고 하던가요?"

–아무것도 묻지 않던데요?

"정말요?"

–예, 그냥 보조를 잘하라는 말씀만 하시던데요?

'영감탕구가 뭔 의도로……?'

아무것도 묻지 않고 요구를 들어준 것이 더 불안했다.

"계좌 번호와 법인명을 문자로 보내 주시겠어요?"

–알겠습니다.

"참, 티켓은요?"

–끊었습니다. 백성열의 이름으로 된 샌프란시스코행으로, 출발은 3일 후입니다.

"수고하셨습니다."

–계속 대기합니까?

"사모님 생각나세요?"

–에이 무슨 그런 말을…….

"하핫, 대기하시는 게 좋겠는데요?"

–넵. 어디십니까?

"장충체육관 지붕요."

ㅡ하하핫.

"뭡니까, 그 웃음은?"

ㅡ아, 아무것도 아닙니다. 저는 그 앞에 있는 족발집에서
한잔하고 있겠습니다.

"좋으실 대로 하세요."

ㅡ혹시 티켓이 필요하시면 전화 주세요.

"필요 없습니다."

요식행위로 확보해 놓은 비행기 티켓일 뿐이라 끊는 순간
용도 폐기다.

ㅡ아까워라. 이거 돈을 돌려받지도 못할 텐데…….

환불을 받으려면 본인이어야만 하니 그럴 것이다.

"이따가 봅시다."

ㅡ넵!

탁.

꼭두각시

'시간이…….'

새벽 2시. 이제 슬슬 움직일 때다.

'19층까지 올라가야 하는구나.'

담용의 신형이 움직였다.

조각공원에 금세 도착한 담용은 감시 카메라부터 조작해야 했다.

무려 스물두 개의 감시 카메라다.

위치는 머릿속에 다 있으니 살피고 자시고 할 것도 없이 구석구석 염력을 내보냈다.

통제 센터의 직원들이 졸고 있지만 않는다면 곧 경비들로 북적댈 것이다.

'그 전에 타고 올라야지.'

이리 틀어지고 저리 틀어지고 위로 솟고 아래로 고개 숙이느라 바쁜 감시 카메라의 빈틈을 노려 한옥으로 된 영빈관의 지붕을 타고 23층 호텔 건물로 줄달음을 쳤다.

턱. 터턱. 터터터터터턱.

달려오는 탄력을 이용해 호텔 벽을 딛자마자 평지를 걷듯 삽시간에 19층으로 올라 유리창의 턱을 잡았다.

터억.

'고스트 트릭.'

배웠으면 써먹는 것은 당연한 일.

쑤우우우…….

먹물이 한지에 스며들듯 담용의 모습이 차츰 사라졌다.

이동 순간의 이질감을 느끼는 것도 잠시, 길고 긴 19층 복도 끝의 벽체에서 담용의 얼굴만 쏙 내밀어진 기현상이 벌어졌다.

몸체는 아직 튀어나오지 않은 상태.

고스트 트릭 중에서도 몹시 난해한 수법이었다.

속도에 맞춰 가감 없이 벽을 통과하는 것은 쉽지만 저렇듯 순차적으로 행하는 것은 결코 쉽지 않은 일임에도 담용은 아무렇지도 않게 구현해 냈다.

아무튼 누군가 봤다면 까무러칠 일이었지만 다행히 일이 되려는지 복도는 조용했다.

좌우를 살피던 담용이 감시 카메라가 복도 양쪽 끝 모서리에 설치된 것을 보고는 염력을 보내 틀어 버린 후에야 완전히 몸을 드러냈다.

1901호 객실.

멀리 갈 것도 없이 복도 맨 끝 객실이다.

미리 예측하고 온 터라 곧바로 벽을 통과해 안으로 진입했다.

역시나 약간의 이질감만 느껴질 뿐, 물리력은 전혀 느껴지지 않았다.

들어서자마자 객실 특유의 은은한 방향芳香이 코로 들어왔다.

'거실이군.'

침실과 거실이 분리되어 있는 객실이었다.

이 정도면 특실이다.

하룻밤 숙박 비용도 만만치 않을 객실을 한낱 유흥거리로 삼을 만큼 백성열은 사치에 맛을 들이고 있었다.

침실 문을 열 것도 없이 그대로 스며들듯 들어선 담용의 눈앞에 진풍경이 고스란히 들어왔다.

벌거벗은 남녀 한 쌍이 곯아떨어져 있는 모습.

실내는 거실의 은은한 방향 대신 한바탕의 운우지락의 영향인지 비릿한 밤꽃 냄새가 코를 찡그리게 했다.

요상한 곳에서 시간을 끌 필요는 없는 일.

'하여간 예쁜 것들은 죄다 술집으로 모인다니까.'

아무리 정조 관념이 희박해진 현세라지만 자신의 성性을 팔아 돈을 버는 여성은 그 사정이야 어떻든 동정하기가 쉽지가 않다.

동정을 바랄 여성들도 아니겠지만 이런 행위가 반복되면 유전자에 각인되어 자식에게도 영향을 미친다는 것을 모른단 말인가?

유전자가 기억하는 한은 반드시 자식에게도 전이된다는 것을 안다면 과연 이런 짓을 할까 모르겠다.

하기야 하룻밤 성性을 판 대가로 일반 직업여성들의 한 달 월급이 쥐인다면 유혹을 쉽게 뿌리치지는 못할 것이다.

담용은 스스럼없이 치부를 다 드러낸 채 수마에 취한 여인에게 다가가 담요를 덮어 주고는 전두엽 부위를 살짝 건드렸다가 뗐다.

나디를 이용해 전두엽을 일시적으로 살짝 위축시킨 것이다.

깊이 잠들도록 한 것이 아니다. 오히려 이런 경우는 잠을 잘 자지 못한다.

전두엽이 추리 능력과 계획력 그리고 기억력과 문제 해결력을 관장하는 부위라 퇴화되거나 위축되게 되면 설사 눈앞의 상황을 봤다고 하더라도 잠시 놀랄 뿐, 얼마 지나지 않아서 곧 기억에서 사라지기에 담용이 그런 방법을 택한 것이다.

고로 여인이 깨어나더라도 소리만 지르지 않는다면 아무런 지장이 없다.

초능력 수련을 위해 뇌에 관한 공부를 많이 한 덕에 제법 박식한 담용이었다.

'자, 이제 네놈 차례군.'

담용은 서둘지 않고 차근차근 순서를 밟아 나갔다.

백성열은 고양이가 아닌 인간이라 신중함이 필요했다.

또한 서두르다 보면 '퀄리티'에 문제가 생길 수 있어 조심하지 않으면 안 된다.

'이 녀석이 마루타 역할을 하는 건가?'

첫 번째 시험 대상.

대한민국 건국 사상 초유의 일일 것이다.

'후훗.'

속으로 피식 웃은 담용이 코를 골 정도로 곯아떨어진 백성열의 머리에 손을 갖다 댔다.

곧이어 차크라를 운기한 그는 나디를 생성시켜 세밀하게 조율했다.

크기는 쌀알만 했다.

그걸 깎고 갈아 바늘 모양으로 만들었다.

물론 마음이 지어내는 형상일 뿐이지만 담용은 결코 태만하지 않았다.

왜 하필이면 바늘 모양이냐고?

이유는 단순하다. 침투시키기 쉬울 것 같아 고안해 낸 것뿐이니까.

'이 정도면 됐나?'

원하는 바늘 모양이 완성됐다고 여긴 담용이 미리 계획해 놓았던 명령어를 심기 시작했다.

사실 이때가 시간이 가장 많이 소요된다.

짧으면 이틀 길면 사흘 동안 해야 할 일을 각인시켜야 하기 때문이다.

기억은 투박하지 않고 세밀해야 하며, 동시에 어색하지 않고 유연해야 한다.

그래야 누구에게도 의심을 받지 않는다.

담용은 질질 끌고 싶지 않아 기간을 이틀로 잡았다.

첫날은 어디로 가서 무엇을 해야 하며 둘째 날은 또…….

사실 셋째 날은 김포공항으로 가야 하는 것이었지만 굳이 그럴 필요가 없을 것 같아 접었다.

그 밖에도 중요한 일만 명령어로 강제하고 그 외에는 자연스럽게 일상생활을 영위하게 하는 것이다.

이게 또 무지하게 까다로운 것이 연결점이라 할 수 있는 업무 혹은 일상생활의 연속성이 자연스럽게 이어져야 했다.

물론 그 모든 것을 다 완벽하게 할 수는 없으니 허점이 있기 마련이다.

즉, 어쩔 수 없거나 극복할 수 없는 부분도 있다는 뜻이다.

'됐어.'

마침내 명령어를 모두 심었다.

'불가항력인 점도 있지만 이 정도라면…….'

나름대로 만족한 담용이 대뇌의 전두엽 부분을 향해 나디를 침투시켰다.

기억하는 뇌.

바로 신경세포와 대뇌피질로 구성된 전두엽을 두고 말한다.

'거기…….'

푹!

바늘 모양의 나디가 원하는 콜라겐 덩어리에 박혔다가 곧 사라졌다.

당연히 눈을 감고 백성열의 뇌를 관조하는 담용만의 조율 형상 안에서 일어나는 일이다.

'생기긴 그럴듯하게 생긴 놈이…….'

면상을 한 대 쥐어박고 싶은 마음이었지만 혹시라도 심어 놓은 나디가 잘못될까 꾹 참았다.

'사업이나 온전히 할 것이지.'

백광INC는 원래 홍채 인식 특허를 가진 보안장치 전문 회사인 벤처기업으로 전도가 유망했다고 한다.

그런데 김창식 요원의 말에 따르면 특허는 이미 명의만 백광INC로 되어 있지 다른 회사로 넘겼다고 했다.

그 대가가 처남 명의로 되어 있는 계좌에 든 156억 원이며, 공적 자금으로 인해 특허를 넘기는 것을 미루고 있는 중이었다.

'조기우 의원이라……. 후훗, 방방 뜨겠군.'

기회를 봐서 손을 봐 줘야 할 위인이다.

스윽.

담용이 자리를 떠났다.

'백성열, 오늘은 좀 바삐 뛰어 줘야겠다.'

물론 담용 역시 뒤를 따르며 자신이 심은 나디의 활약을 지켜봐야 했기에 덩달아 바쁠 것이다.

아침 햇살이 창살을 통해 따갑게 내리비치기 시작하는 오전 10시경이다.

그제야 잠에서 깼는지 백성열이 몸을 뒤척였다.

"끄응. 아우, 머리야. 이년아, 물 좀 가져와."

"……."

늘 그랬던 양 백성열은 습관처럼 말을 내뱉었지만 돌아오는 것은 묵묵부답이었다.

"아니, 이년이⋯⋯."

벌떡 일어나 몸을 홱 돌린 백성열의 눈에 텅 비어 있는 옆자리가 보였다.

"뭐야? 벌써 내뺐어?"

직업여성이 일찌감치 사라진 것을 안 백성열이 시계를 보니 벌써 10시가 다 되어 가고 있었다.

"젠장 할. 어제 너무 마셨나 보네."

급히 휴대폰을 살피니 전화가 많이도 와 있었다.

"김 전무 이 자식, 정말 끈질기네."

가장 많이 온 전화는 회사 임원인 김 전무가 한 것이다.

뭐, 임원이라야 주식 쪼가리 하나 없는 월급쟁이일 뿐이다.

이사에는 두 가지 종류가 있다.

주주총회를 통해 선임되어 등기가 되어 경영권을 행사하는, 법률상 이사회의 멤버인 이사와 경영자에 의해 특정 부문 등의 책임자로서의 직위를 말하는 이사가 있다.

김 전무는 후자에 속해 통상 이사의 진정한 의미인 등기이사가 아니어서 백성열로서는 개무시해도 상관없었다.

"으흐흐훗, 속이 타겠지."

그러나 백성열이 알 바가 아니다.

"크크큭, 시간을 더 끌어서 돈 몇 푼으로 해결을 봐야지. 아—함—!"

입이 찢어지게 하품을 한 백성열이 벌거벗은 몸 그대로 일어나 욕실로 향하며 신경질적으로 중얼거렸다.

"씨팔, 이것들은 빨리 정리해야지. 이거야 원 귀찮아 죽겠……."

우뚝.

욕실 앞에서 걸음을 멈춘 백성열이 고개를 갸우뚱하더니 잠시 멍하게 서 있었다.

하지만 그것도 잠시 그때부터 허둥대기 시작하는 백성열이다.

"으아! 이런 병신, 급한 일을 까마득히 잊고 늘어지게 자고 있었다니. 아이고오-! 늦었다."

벌컥!

욕실로 들어간 백성열은 씻는 둥 마는 둥 하고는 득달같이 튀어나와서는 대충 옷을 걸치고는 허겁지겁 객실을 나섰다.

"이런! 차가 어딨지?"

잽싸게 엘리베이터를 타고 프런트로 간 백성열은 직원의 도움을 받아 대리기사가 지하 주차장에 차를 주차해 놓은 것을 알았다.

"어이! 거기 벨보이! 내 차 좀 가져와!"

그렇게 내뱉고는 대답도 듣지 않고 회전문을 밀고 나가 초조한 기색으로 담배를 빼물었다.

"아쒸, 어디부터 가야 하지?"

바인더북

뻑뻑뻑.

빠끔 담배를 연신 피워 대던 백성열이 이내 해답을 찾았는지 꽁초를 바닥에 내팽개치고는 중얼거렸다.

"그래, K은행부터 가서 법인 자금부터 이체시키자. 그다음은 B은행으로 가서 처리한 다음 용인으로 가자. 씨발, 사내새끼가 한 번 죽지 두 번 죽냐? 가만! 티켓팅이 몇 시지?"

백성열이 기억을 더듬을 때, 자신의 애마가 바로 앞에 와서 섰다.

"야! 빨리 내려!"

벨보이를 밀치며 운전석에 앉은 백성열이 급하게 가속페달을 밟았다.

부아아아앙-!

"아니, 뭐 저런 매너 없는 새끼가 다 있어? 야! 팁은 주고 가야지, 새꺄!"

보는 사람이 없다고 여긴 벨보이가 욕설을 마구 퍼부어 댔다.

"에이, 씨발, 아침부터 재수 옴 붙었네."

벨보이가 그러거나 말거나 백성열은 속도위반까지 해 가면서 채 30분도 되지 않아서 K은행 역삼동 지점에 도착했다.

당연히 백성열의 뒤를 쫓아 담용도 자신의 애마인 레인지로버를 몰고 천천히 주차장으로 진입해 백성열이 아무렇게나 처박아 둔 차량 옆에 세웠다.

"다음은 B은행인가?"

이미 계좌 파악을 마친 뒤라 백성열의 동선은 대충 파악이 되어 있었다.

시간이 흘렀다.

'30분이 지났는데도 안 나오는 걸 보니 조금 까다로운 모양이군.'

담용이 휴대폰을 들었다.

백성열이 S호텔을 출발하자마자 담용의 연락을 받고 미리 K은행 안으로 들어가 있는 김창식 요원에게 거는 것이다.

-담당관님, 접니다.

"백성열을 봤습니까?"

-예. 지점장실에 들어가서 아직 나오지 않고 있습니다.

"원래 까다롭습니까?"

-페이퍼 컴퍼니로 의심할 수도 있습니다.

"괜찮겠습니까?"

-하하핫, 우리 회사가 허투루 일을 처리할 리가 있겠습니까?

마음을 놔도 된다는 얘기.

-아, 이제 나오는군요. 근데 이 자식 굉장히 화가 난 것 같네요.

"어? 잘못된 것 같습니까?"

-그렇지는 않아 보입니다. 지금 다시는 거래를 않겠다며

바인더북

욕설까지 하는데요?

"알았습니다. 이만 끊죠."

탁.

"후후훗, 마음은 바쁜데 시간을 끌어 대니 화가 날 만도 하지."

명령어에 충실히 따르는 백성열이 예쁘기만 한 담용이다.

'저기 나오는군.'

여전히 씩씩대며 악을 써 대는 백성열이 담용이 애마를 빼는 걸 보고는 차에 올랐다.

돈만 있는 놈들의 작태를 여실히 보여 주는 모습이다.

돈도 있는 분들은 양식을 겸비하고 있어 절대로 저런 짓은 하지 않는다.

진정한 귀족이란 상대가 누구든 말조차 하대하는 법이 없다.

끼기기긱. 부르르릉.

화난 심정만큼 주차장을 빠져나가는 소리도 요란했다.

'쯧, 정말 오늘 집에 가기 글렀군.'

B은행에 들렀다가 잠실역과 교대역을 오가며 계약하는 걸 지켜봐야 하니 당연히 시간이 걸릴 일이다.

'마 회장님이 양쪽 다 사람을 보내 놨겠지.'

실수가 좀처럼 없는 양반이라 걱정은 되지 않았다.

'용인은 내일쯤 가겠군.'

익일 오후 2시경, 용인 사내의 어느 순대국밥집.

탁.

국밥을 다 비운 만박이 숟가락을 놓았다.

"더 먹지 그러냐?"

"어이구, 배가 빵빵한걸요. 이 집 맛있게 하네요. 회장님은 어때요?"

"먹을 만해."

턱.

"어? 왜 더 드시지 않고요?"

"나이가 들면 소화력이 떨어져. 맛이 있다고 양껏 먹었다가는 배탈이 나기 십상이지."

"그럼 나가서 연락이 올 때까지 구경이나 하면서 소화나 시킬까요?"

"조금 이따가. 지금 몇 시냐?"

만박이 휴대폰을 꺼내 시간을 확인했다.

"2신데요?"

"부동산에서 연락 온 것 없었지?"

"어제오늘 쭈욱 같이 있었잖아요?"

사실 어제도 와서 부동산 사무실의 연락을 기다렸지만 허탕을 쳤다.

바인더북

'인석이 거짓부렁으로 말할 놈은 아닌데…….'

심부름을 시킨 담용이었지만 괘씸하기보다 믿는 마음이 더 큰 마해천 회장이다.

"연락이 올 때가 됐는데……."

그 말이 끝나기 무섭게 만박의 휴대폰이 요란하게 울렸다.

찌르릉. 찌르릉.

"젊은 놈이 벨소리가 그게 뭐냐? 좀 세련된 소리로 바꿀 것이지."

"헤헷. 클래식한 게 좋잖아요."

딸깍.

"아, 여보세요? 아, 예. 제가 문희숩니다만……. 어? 그래요? 알겠습니다. 곧 가죠. 여기가 시청 부근이니 대략 20분 걸릴 겁니다."

탁.

"회장님, 신덕부동산인데요?"

"팔 사람이 있대?"

"예."

"그놈 참…… 점쟁이로 나서도 밥은 먹고살겠군."

"예?"

"아, 아니다. 어여 나서자."

"옙!"

두 사람이 국밥집을 나서고 약 20분이 지나서 역북동에 소재한 신덕공인중개사무소에 도착했다.

"어이쿠. 회장님, 어서 오십시오."

마해천 회장과 만박이 들어서는 것을 본 중년의 사내가 만면에 웃음을 머금고 반갑게 맞았다.

"수고가 많소. 그래 땅을 팔겠다는 사람이 있다고요?"

"아, 예. 여기 이 젊은 분이 6만 평의 땅을 급히 팔아야 한다고 해서 이렇게 연락을 드렸습니다. 하핫. 회장님이 운이 좋은 것 같습니다. 고작 이틀 만에 팔 사람이 나와서요."

"덕분이외다. 근데 6만 평이면 제법 큰 땅이군요."

그렇게 말하면서 초조한 기색으로 소파에 앉아 있는 젊은 사내를 힐끗 쳐다본 마해천 회장이 맞은편에 앉으며 말했다.

"어디 어떤 땅인지 한번 봅시다."

"예, 여기……."

미리 준비가 됐었던지 부동산 사장이 각종 서류와 지적도 그리고 상세 지도를 탁자에 좍 펼쳤다.

"면적이 모두 198,645평방미텁니다. 평수로 환산하면 60,126평이고요. 지목은 임야와 전, 답 그리고 대지가 섞여 있습니다. 목록은 여기……."

부동산 사장이 A4 용지 한 장을 내밀자, 만박이 받아서 확인에 들어갔다.

"위치는 어디요?"

"아, 예. 여기 형광펜으로 표시해 놓은 곳입니다. 당장 현장에 가 보셔도 좋고요."

"현장이야 계약해 놓고 가도 되오. 땅이 어디 도망가는 것
도 아닌데……."

"하핫, 그, 그렇죠."

"혹시 개발될 여지는 있소이까?"

"그건 저도 알 수 없습니다. 하지만 요즘 용인은 그야말로
자고 나면 세상이 바뀌어 있을 정도로 급하게 변화되는 곳이
지요. 역북동 땅이 비록 한갓진 곳에 위치해 있긴 하지만 언
젠가는 개발되지 않겠습니까?"

"흠, 묵혀 놓아도 괜찮을 거란 말이군요."

"예, 뭐……."

"회장님, 서류와 목록표가 일치합니다."

"그래?"

"예."

"문 실장의 생각은 어떨 것 같아?"

"땅이야 사 놓으면 거짓말을 하지 않잖습니까?"

맞는 말이다. 천재지변이 일어나지 않는 한 콩 심으면 콩
이 나고 팥 심으면 팥이 난다.

그리고 사 놓으면 절대로 손해를 보게 하지 않는다.

"허허헛, 그렇긴 하지."

너털웃음을 흘린 마해천 회장이 자세를 바로 하며 정색하
고 물었다.

"가격은 어떠하오?"

"지금 역북동 시세가 천차만별이긴 합니다만 대부분 부르는 가격이지 실제 거래되는 가격은 아닙니다. 대략 평당 120만 원에서 2백만 원 사이에 나와 있습니다."

"저기 땅주인은 얼마를 받기 원하오?"

"평당 150만 원입니다."

"문 실장, 전부 얼마야?"

"잠시만요."

만박이 계산기를 빠르게 두드렸다.

토토토톡. 토톡 톡.

"901억 8천만 원입니다."

"끙, 천억에 가깝군."

마해천 회장이 수염도 없으면서 턱을 쓰다듬으며 말했다.

"나는 흥정을 길게 하지 않는 사람이오이다. 평당 120만 원에 팔겠다면 당장 일시불로 지불하리다."

"헉! 이, 일시불요?"

"그렇소. 젊은 사장에게 말이나 해 보시오."

"……!"

경악에 가까운 표정을 한 부동산 사장이 긴장 어린 시선으로 백성열을 쳐다보았다.

"가, 가격을 너, 너무 후려치시네요."

"젊은 사장, 사실 땅값에 거품이 낀 건 사실이잖소? 건설

회사가 개발을 한다고 해도 뭔가 이윤이 남아야 시행하는 거지, 땅값에 자금이 많이 들어가면 누가 사려고 하겠소? 적당해야지. 용인은 거품이 너무 꼈다네."

"그, 그래도……."

"그리고 나 역시…… 문 실장, 120만 원이면 전부 얼마야?"

"721억 원입니다."

이미 계산해 놨던 듯 곧바로 대답이 나왔다.

"젊은 사장, 7백억 원이란 막대한 돈을 개발이 될 때까지 묵혀 놔야 하는 내 사정도 생각해 줘야 하지 않겠소?"

"뭐, 좋습니다. 저도 더 시간을 끌기 싫으니 평당 130만 원에 합의를 보지요. 어떻습니까?"

"허허헛, 젊은 사람이라 그런지 화통하군그래. 좋으이. 문실장, 평당 130만 원이면 얼마지?"

토토토토톡. 토톡.

"781억 원입니다."

"1억 우수리는 떼고 780억! 어떻소이까?"

"좋습니다. 대신 일시불이어야 합니다."

"물론이오. 문 실장, 계약해라."

"옛!"

만박이 부동산 사장을 쳐다보았다.

"사장님, 등기부등본에 소유주가 김계자 씨로 되어 있는

데 저분과 어떻게 되는 사입니까?"

"아, 원래는 이분 소유인데 사정으로 인해 장모 명의로 해놨답니다. 여기 위임장과 위임용 인감증명 그리고 인감도장, 주민등록증이 다 갖춰져 있습니다."

"어디 봅시다."

만박이 서류를 꼼꼼하게 살피고는 다시 입을 열었다.

"저기 백 사장님, 김계자 씨와 통화를 하고 싶은데 괜찮겠습니까?"

"상관없소."

백성열이 휴대폰으로 장모인 김계자를 호출했다.

"아, 장모님, 백 서방입니다. 예, 별일 없습니다. 저기……제가 용인 땅을 팔려고 하는데, 살 사람이 통화를 하고 싶어 하네요. 아니, 뭐…… 소유자로 되어 있어서 확인이 필요한가 봐요. 예, 바꿔 드리겠습니다."

백성열이 만박에게 휴대폰을 건넸다.

"통화해 보시오."

"예, 녹음을 좀 하겠습니다. 괜찮지요?"

"마음대로 하쇼."

만박이 휴대폰을 스피커폰으로 전환시키고 녹음기를 갖다 대고는 통화를 시작했다.

"여보세요? 김계자 씨 되십니까?"

-네, 제가 김계자예요. 역북동 땅도 제 이름으로 되어 있

고요.

"실롐니다만 주민등록번호가 어떻게 되시죠?"

-그건 서류에 있잖아요?

"본인이 정확한지 확인차 여쭙는 겁니다. 아시다시피 금액이 크거든요."

-40○○○○-2○○○○○○예요.

"맞네요. 정말 파시는 거 맞지요?"

-그거 원래 백 서방 거예요. 이름만 내 앞으로 되어 있는 거지.

그 정도면 알 건 다 안 셈이다.

"잘 알겠습니다. 수고하셨습니다."

통화를 끝낸 만박이 백성열에게 휴대폰을 건네면서 물었다.

"계좌 번호를 주시겠습니까?"

"여기……."

미리 적어 온 쪽지를 내미는 것을 받아 든 만박이 이번에는 부동산 사장에게 말했다.

"사장님, 전담하시는 법무사 있으시죠?"

"물론입니다."

"빨리 오라고 하세요."

"알겠습니다."

"백 사장님, 서류가 법무사에게 넘어가는 즉시 이곳 법인

계좌로 돈을 입금시키겠습니다."

"그러쇼. 근데 현찰은 하나도 없소?"

"없습니다."

"쩝."

계획, 머리를 내밀다

KRA TF사무실.

담용은 자신의 TF 직원 업무 회의를 주관하고 있는 중이었다.

주된 안건은 J빌딩의 분양에 관한 것이었다.

J빌딩은 이미 경영진에서 이전 FC팀의 팀장이었던 하택훈에게서 넘겨받은 상태였다.

"팀장님, 그러니까 하택훈 씨가 맡고 있던 J빌딩을 우리가 맡게 된 거란 말씀 아닙니까?"

"맞아. 그래서 이걸 도맡아 할 사람이 필요해. 안 과장이 할래?"

"끙, 이 시국에 팔 수 있을까요?"

자신이 없는지 슬쩍 고개를 외로 꼬는 안경태다.

"왜? 우린 알래스카에서도 냉장고를 팔아야 되는 사람들 아닌가?"

"하, 하죠, 뭐. 근데 인원이 많이 필요할 텐데 충원은 됩니까?"

"푸훗! 그 말만 들어도 만족해. 사실 이 J빌딩의 분양 건을 가져오라고 한 사람은 나야."

"어? 그럼 매입자를 벌써 물색해 놨단 말이네요?"

"그렇지."

"우와! 출근도 잘 안 하고 애인이랑 어디서 농땡이나 부리고 있는 줄 알았는데, 언제 그걸 또……?"

"풋, 그거 혹시 네 얘기 아니냐?"

"아, 왜 또 나한테 화살이 오는 겁니까?"

"쿠쿡, 그런 건 원래 경험해 본 놈이 하는 말이거든."

"크크큭."

"흐흐흐훗."

안내 데스크의 한송이와 목하 연애 중임을 아는 팀원들이 소리 죽여 웃어 댔다.

"우씨."

안경태의 얼굴이 단박에 벌겋게 변했다.

"자, 자, 그만하고…… J빌딩은 송 과장과 설수연이 맡아 줘요. 여기 서류를 참조하시고요."

담용이 서류를 내밀자 내용을 훑던 송동훈이 눈에 이채를 띠며 말했다.

　"팀장님, HG라면 제가 알고 있는 그 회사가 맞습니까?"

　"아마도요."

　"헛! HG가 벌써 빌딩을 매입할 정도로 규모가 커졌단 말입니까?"

　"네트워크 마케팅 회사들의 특징이 바로 그거 아닙니까?"

　"그래도 그렇지, 이건 속도가 너무 빠른데요?"

　"제 생각에는 지금의 시기가 네트워크 마케팅 회사들이 크는 자양분이 되지 않았나 싶습니다."

　너도 나도 어려운 시기다. 직장을 잃은 많은 사람들이 다단계 회사로 몰려드는 것은 그만큼 삶이 팍팍해졌다는 뜻이다.

　"그래도 이건 너무……. 자금 동원 능력은 있습니까?"

　"모든 얘기는 끝났습니다. 거기 HG의 함민철 본부장이란 사람이 곧 연락이 올 겁니다. 그 전에 J빌딩에 대해 학습을 끝내고 거래에 임하시면 됩니다."

　"팀장님, 한 가지 더요. 여기…… 제 눈에 보이는 수수료가 맞는 겁니까?"

　"경영진이 J빌딩 측과 용역 계약한 부분이니 틀림없어요."

　"HG 측은요?"

　"거긴 아직 용역 계약을 채결하지 않았습니다. 그러니 두

분이 알아서 받아 내십시오. 공짜로 일을 해 줄 수는 없으
니까."

"그, 그렇죠."

"후후훗, 두 분의 능력을 믿어 보겠습니다."

"하하핫, 다 차려 놓은 밥상에 숟가락만 들면 되는 일인데
요. 맡겨 주십시오."

"믿습니다."

"어이! 설 과장, 도대체 수수료가 얼만데 그렇게 놀라?"

"비밀이다."

"뭐? 팀에 비밀이 어딨어?"

"안 과장, 부정 타니까 자꾸 묻지 마라."

"이런 제길…… 두고 보자."

"하핫, 내가 살아 보니까 두고 보자는 사람 하나도 안 무
섭더라."

"흥!"

"아, 조용."

"아, 죄송합니다."

"그리고 장영국 씨와 고미옥 씨."

"옛!"

"네!"

송동훈과 안경태가 투닥거리는 것을 보며 입가에 웃음을
참고 있던 두 사람이 갑작스러운 호명에 깜짝 놀라 큰 소리

로 대답했다.

"두 분은……. 참 여권은 있으시죠."

"예."

"저도 있어요."

둘 다 유학파였으니 괜히 물은 것 같다.

"미국 출장을 다녀와야겠어요."

"에? 미, 미국요?"

"우리 두 사람이 같이요?"

"그래요. 두 분 다 유학파이니 미국이 익숙할 것으로 알고 보내는 겁니다."

"저희 둘이 거기 가서 무슨 일을…….."

"가서 할 일은 여기 서류에 다 있으니 참고하시고요."

스윽.

담용이 곁에 앉은 유 부장을 통해 서류를 건넸다.

"물건은 대전산업단지 내에 있는 공장인데 HL건설 소유죠. 규모가 상당히 크니 의욕이 솟을 겁니다."

"가격이 얼마나 됩니까?

"그건 두 분이서 가치 평가를 산출해 내야 합니다. 그걸 가지고 HL건설과 용역 계약을 맺는 것이 우선이죠. 그걸 끝내고 나면 디트로이트에 있는 쥬봉아메리카라는 회사로 가서 제안서를 내세요."

"어? 쥬봉이라면…… 그 유명한 화학제품 회사를 말하는 겁니까?"

"맞아요. 두 분이 그 회사를 우리나라에 유치하는 역할을 해야 하니 자부심을 가지고 일하세요."

"......!"

쥬봉아메리카를 설득해 대한민국에 쥬봉코리아를 하나 더 만들라는 얘기에 장영국과 고미옥의 표정이 상기됐다.

실로 막중한 임무.

그런 일을 신출내기인 두 사람이 맡은 것이니 심장이 벌떡 벌떡 뛰었다.

그렇다고 불가능한 일도 아닌 것이 유학파라면 알게 모르게 지인들이 있는 곳이 미국이라 도움을 요청할 이들도 꽤 있었다.

"지금까지 많이 배우고 또 실습해 왔으니 그 정도면 경험은 충분했다고 봐요. 소요되는 경비는 두 분이서 산출해 설 과장님에게 요청하시면 돼요. 설 과장님?"

"네."

"경비를 충분히 지불해 줘요. 미국에서 돈이 모자라 곤란을 겪는 일이 없도록 말입니다. 더욱이 협조를 받을 만한 지인들도 있을 것이니 접대비도 만만치 않을 걸 감안하세요."

"티, 팀장님! 기, 기간은요?"

처음으로 맡은 프로젝트에 흥분이 됐는지 살짝 설레는 티를 내는 장영국이다.

이유는 프로젝트의 규모도 규모지만 이번 일을 성사시키면 부동산 계통에서 훌쩍 성장할 수 있는 발판이 되기 때문이다.

실적은 부동산 일을 그만두지 않는 한 끝까지 따라다니는 경력이었기에 더 그랬다.

'기회를 주시는 거야.'

그것밖에는 달리 이유가 없다.

"일이 성사될 때까집니다. 그러니 서둘지 말고 여유를 가지고 일에 임하시면 돼요."

"알겠습니다. 꼭 성사시키도록 하겠습니다."

"저도 최선을 다하겠어요."

"하하핫, 두 분의 그 패기가 마음에 듭니다. 그렇다고 너무 부담을 가지지는 말아요. 만약 곤란한 일이 생기면 언제든지 제게 연락하시고요."

"넵! 그 말씀을 들으니 의욕이 더 생깁니다."

"좋아요. 그건 그렇게 하고…… 한 과장님, 추풍령 건은 어떻게 됐습니까?"

"곧 해결될 겁니다. 조금만 더 기다려 주십시오."

"절터를 짓겠다는 사람은 찾았습니까?"

"하핫, 어렵게 연락이 닿았습니다."

"아, 애쓰셨겠네요."

"심부름센터를 이용했습니다."

"어? 그래요? 경비는요?"

"설 과장에게 곧 청구할 겁니다."

"그러세요. 정말 애쓰셨습니다."

"감사합니다."

"다음은 안 과장이 해 줄 일이 있네."

"뭡니까?"

"전번에 같이 만났던 폴린 멕코이 씨 알지?"

"예, MD빌딩 건을 추천해 준……. 아! 그 노든웨스트 홀딩스의 사장 말이죠?"

"맞아, 그 사람이 폴린 멕코이야."

"그럼 입질이 온 겁니까?"

"아직 MD 관계자들도 못 만나 봤는데 입질은 무슨……."

"그럼……?"

"내가 한동안 바쁠 것 같으니 안 과장이 대신해서 계속 연락을 취해 줘."

"그거야 뭐……."

"동시에 MD 측에서 누가 실권을 가지고 움직이는지도 조사해 줘. 아울러서 매각 가격도 좀 알 수 있으면 알아보고. 그 외에도 참고할 만한 게 있으면 죄다 파악해 봐."

"그러죠."

"좋아요. 이걸로 오늘 회의는 끝내죠. 모두 일 보세요. 유부장님은 따로 저와 얘기를 좀 나누시고요."

"그러지."

"엉? 금융 전문가를 섭외해 달라고?"

"예."

"목적은?"

"금융회사를 설립해 보려고요."

"그, 금융회사?"

"예, 할 일이 있어서요."

"그거…… 승인이 날지도 문제지만, 웬만한 자금을 가지고는 어려울 텐데……."

"자금은 마련되어 있습니다. 모자라면 더 충당할 수도 있고요."

"헐."

"그럴 만한 사람이 있겠습니까?"

"사람이야 있지만 신뢰성이 문제겠지."

"누굽니까?"

"금융감독원에 근무하는 친구가 있네."

"금융감독원요?"

담용도 최근에 와서 자주 들은 기구의 명칭이다.

흔히 금감원이라고 부르는 곳으로 작년 그러니까 1999년에 설립된 금융 감독 기구다.

취업 준비생들에게는 신의 직장이라고도 불리는 곳이기도 했다.

"그곳에 근무하는 사람이 실무에 능하겠습니까?"

고작 작년에 설립된 곳이라 묻는 것이다.

"충분하네. 금융 감독 기구의 설치 등에 관한 법률에 의거해 설립된 금융감독원이지만 원래는 은행감독원과 증권감독원 그리고 보험감독원과 신용관리기금 등 네 개 감독 기관이 통합된 것일 뿐이네. 그러니 경험이라면 그 어디보다 풍부하다고 할 수 있지."

'아!'

거기까지는 몰랐다.

"우리나라의 금융 감독 조직은 금융감독원에서 총괄하고 있는 셈이지."

"제가 알기로는 금융감독위원회도 있다고 하던데요?"

"뭐? 그런 기관도 있어? 이상하군. 난 통 못 들었는데……."

'어라? 내가 실수했나?'

담용은 급히 전도체를 건드려 기억을 더듬어 보았다.

'이런! 금융감독위원회는 2008년 3월 3일에 발족됐구나.'

아직 한참이나 뒤에 설립될 기관을 언급했으니 유장수라고 알 턱이 있겠는가?

"아! 제가 잘못 들었나 봅니다."

"그런 기관은 없다네. 아무튼 금융감독원은 비공무원 조직이라는 거야. 하지만 재경부의 지시를 받아 금융기관에 대한 검사나 감독 업무를 수행하는 무자본 특수법인으로 공적 기관에 속하지."

"아, 그렇군요."

덕분에 새로운 것을 알았다.

아울러 필히 로비가 필요한 부서이기도 했다.

금융회사 설립이 그만큼 까다롭기 때문에 기름칠은 반드시라고 해도 좋을 필요악이다.

"유 선생님이 추천하시는 분은 금감원에 있습니까?"

"두 사람이 있는데, 한 사람은 야망이 큰 친구라 초빙해도 오지는 않을 걸세. 그 친구가 금감원장 자리를 노리고 있거든."

"다른 분은요?"

"그 친구도 능력은 있지만 결정적으로 이끌어 주는 사람이 없어서 국장으로 끝내야 할 걸세."

"부서는 어디죠?"

"업무총괄국 국장이네. 부원장보이기도 하고."

"능력은 출중하다고 봐야겠군요."

"아무래도 기관 자체가 나라에 미치는 영향력이 크다 보니 높은 전문성을 요구하는 만큼 까다롭지. 그러니 유능한 인물임이 검증됐다고 봐야지."

"흠, 한번 운을 떼 보시겠습니까?"

"정말 할 생각인가 보군."

"예, 절대 그냥 흘려 보는 말이 아닙니다."

"알았네. 누구 부탁도 아니고 팀장의 말인데, 내 한번 만나 보도록 하지."

"감사합니다. 그리고…… 금융회사를 설립하는 데 유 선생님도 좀 도와주셔야겠습니다."

"내가?"

"예."

"헐, 나더러 동참하란 얘긴가?"

"믿고 맡길 만한 인물이 필요합니다."

"나로서는…… 역량이 한참 부족한데……."

"부족한 역량이야 채워 나가면 되는 것이고, 그 무엇보다 중요한 건 제가 신뢰할 수 있는 사람이 필요하다는 점입니다."

"흠, 생각해 보겠네."

"가능한 쪽으로 생각하고 있겠습니다."

"아, 그 친구가 관심이 있다면 만나 볼 생각인가?"

"그래야지 않겠어요?"

"하긴…… 알았네. 언제부터 움직이면 되나?"

"급한 건 아니니 천천히 하십시오. 그렇다고 바쁘지 않은 것도 아니니 차일피일 미루지 말고요, 하하하핫."

"적당히 하라는 소리로 들리는군."

"그나저나 결혼 준비는 어때요?"

"아, 그건 좀 미루기로 했네."

사실 9월에 결혼하기로 하고 청첩장까지 돌렸다가 무슨 사정 때문에 미뤄졌었다. 좋은 일은 아닌 듯해 무슨 일인지 묻지 않았는데, 이제 보니 일정조차 다시 잡지 않은 모양이다.

담용은 결국 궁금증을 참지 못하고 물었다.

"어? 왜요?"

"이미례 부장의 모친이 위독하시다고 하네."

"아! 어떤 상태랍니까?"

"뭐, 노환이시지."

"그럼 연세가?"

"내년이면 미수米壽가 되네."

"미수면…… 88세?"

"맞네."

"그렇다면 이부장님을 몇 살에 낳으셨다는 겁니까?"

"이 부장 나이가 올해 42세이니 46, 47세에 낳은 택이지."

"늦둥이로군요."

"11남매 중에 막내니 그런 셈이지."

"헉! 시, 십일 남매요?"

담용은 11남매라는 소리에 기함을 했다.

'이게 무슨…… 사람이 애 낳는 기계도 아니고.'

"응, 2남 9녀 중 막내라네."

"흐이구, 그 정도로 많이 낳으려면 모친이 애를 낳고 금세 배가 불렀다고 봐야 되겠군요."

"허허헛, 그게 그렇게 되나?"

"그렇잖습니까? 모친이 평생 동안 애만 낳고 기르다가 늙어 버렸다고 할 수 있죠."

"그래도 인사드릴 때 뵈었는데 다복하신 표정이더라고. 곱게 늙으셨어."

"쯧, 이 부장님이 많이 상심하고 계시겠네요."

"모친을 간병하겠다며 내일부로 휴가를 냈네."

"쩝, 결혼식이 기약 없이 미뤄져서…… 좀 섭섭하시겠어요."

"어쩌겠나? 신부 측 사정이 그런데 이해해야지."

"그냥 결혼하는 게 더 낫지 않아요? 모친의 입장이라면 노환이라면 쾌차하기가 힘드실 테니 막내딸 결혼식이라도 보고 돌아가시는 걸 원하실 텐데요."

"나도 그 점을 생각하지 않은 건 아니네. 하지만 이 부장이 저리도 고집을 부리니……."

"그, 그래요?"

"뭐, 이해는 하네. 모친이 결혼식장에 꼭 참석하도록 만들겠다니 믿어 보는 수밖에."

"하핫, 효녀시네요."

"막내라서 더 그런 면이 강한가 보이, 하하핫."

우우우웅.

"자네 전화가 왔군. 더 할 말이 없으면 이만 나가 보겠네."

"그러십시오."

유장수가 상담실을 나가는 걸 본 담용이 액정을 확인하니 김창식 요원이다.

"예, 접니다."

—담당관님, 차장님께서 들어오시랍니다.

"에, 누가요?"

—최 차장님께서 찾으신다고요.

"최 차장님이요? 내용이 뭐랍니까?"

—저도 같이 들어오라는 말만 들어서 모릅니다.

"김 요원도요?"

—예.

"분위기는 어때 보였어요?"

—말투가 굳은 걸 보면 별로인 것 같은데요?

'젠장. 또 뭔 일이야?'

"알겠습니다. 몇 시까지 가면 됩니까?"

—지금 당장요.

"이런, 중추회로 가기로 했잖습니까?"

오늘 저녁에 일제 앞잡이들의 모임인 중추회를 손볼 계획
이 있었던 터라 하는 말이다.

-다른 계획은 전부 폐하라는 명입니다.

'썩을…… 보통 일은 아닌 것 같군.'

"곧 출발하죠."

-옛. 전 지금 안국동을 출발해 옥수동을 지나고 있는 중
입니다.

안국동은 바로 중추회의 사무장인 장무수의 집이 있는 곳
이었다.

종로의 중추회 사무실은 연일 몰려드는 데모 군중으로 인
해 잠정 폐쇄된 상태여서 장무수는 집에서 두문불출하고 있
는 중이었다.

"대체 뭔 일이기에……?"

옷을 대충 걸친 담용이 급히 사무실을 나섰다.

다음 권으로 이어집니다

바인더북

역대급

양강 퓨전 장편소설

『전설이 되는 법』의 양강 신작!
역대급 재미가 펼쳐진다!

마법과 몬스터가 존재했던 전생을 기억하고
피와 전투를 갈구하며 평범한(?) 삶을 살던 다한
하늘이 보랏빛으로 물든 날, 전생과 같은 시험이 시작된다!

행성 '페인글리트'로의 이주권을 위한 차원 간 경쟁!
'격'을 높여 인류를 구원하라!

다한과 그의 가족은 전생의 기억 덕에
승격 시험에서 유리한 고지를 차지하지만
새로운 행성을 향한 세계의 이권 다툼 속에
표적이 되고 마는데……

새로운 룰이 세상을 지배한다
'격'이 높은 자가 모든 것을 가진다!

신무명 스포츠 장편소설

고교 루키로 회귀한 메이저리그 아웃사이더!
『네 멋대로 쳐라』

매번 팀을 승리로 이끌지만
이기적인 플레이로 외톨이인 메이저리거 유정혁
혼자 간 클럽에서 변사체로 발견되는데……

다시 눈을 뜬 곳은 고교 시절 자신의 방?
그라운드의 악동이 펼치는 원맨쇼가 온다!

여전히 건방지고 여전히 독단적이지만
선구안은 기본, 어떤 공도 포기하지 않는 잡초 근성 슈퍼캐치까지!
승리의 열쇠인 그에게 중독된 구단과 동료들은
점점 커지는 영향력을 거부할 수 없다!

무수한 백구를 펜스 밖으로 날려 버릴
기적의 그라운드가 펼쳐진다!
그의 시즌을 주목하라!